Die unendlich lange Egerstraße

Heinz van de Linde

Die unendlich lange Egerstraße

Erinnerungen an die kleine Stadt Orsoy

Bibliografische Information der Deutschen Bibliothek:
Die Deutsche Bibliothek verzeichnet diese Publikation in der Deutschen
Nationalbibliografie; detaillierte Informationen sind im Internet über
<http://dnb.ddb.de> abrufbar.

© 2005 Heinz van de Linde
Herstellung und Verlag: Books on Demand GmbH, Norderstedt
ISBN 3-8334-3838-X

Inhalt

Vorwort	7
Die Egerstraße kenne ich gut	11
Als wir auf der Binsheimer Straße wohnten	21
Als wir zwischen den spanischen Wänden wohnten	22
Ich bin oft am Rhein	24
Der Kuhteich hat Frösche zum Aufblasen	29
Die Schule will meine rechte Hand	32
In der Kotelettsvilla liegt das Geld im Schutt	36
Wir haben Zirkus und Kino	37
In unserem Haus ist viel los	40
Sonntage sind anders	50
Ich kenne fast alle Leute	55
In Opas Laden gibt es alles	64
Ich wünsche allen Leuten eine Egerstraße	71

Vorwort

Der Autor musste fünfzig werden, als sich die Erinnerungen an seine Kindheit lebhaft aufdrängten und an all das, was den etwa Zehnjährigen in seiner Heimatstadt Orsoy beschäftigte und verwunderte, was er aufnahm und verarbeitete.

Die kleine überschaubare Stadt von dreitausend Einwohnern, die um 1950 dabei war, sich nach der teilweisen Zerstörung durch Bomben im zweiten Weltkrieg ein neues Gesicht zu geben und zu einem neuen Leben zu gelangen, diese Stadt war in vielfältiger Weise ein idealer Ort für Kinder. Da waren die Freiräume und Nischen, die Kinder nutzen konnten, die Gebüsche und verwilderten Gärten, die Trümmergrundstücke mit ihren verborgenen Metallschätzen, die Wasserflächen und ihre Ufer, der Rhein und der Kuhteich, ein fließendes Gewässer der eine, ein stehendes der andere, mit je eigenen Reizen für Kinder. Da waren die Läden, besonders die Lebensmittelläden, das Wort „Kolonialladen" war damals noch im Schwange. Mehr als zehn dieser Läden, alle individuell geprägt, mit je eigener Kundschaft und eigenen Ladengerüchen, gab es damals in der Stadt. Fast alles konnte man in dieser Stadt kaufen und nahezu alle Kaufbedürfnisse in ihr befriedigen. Es gab Kneipen en masse, bürgerliche und gehobene Gastronomie und Hotelzimmer zum Übernachten. Handwerker waren vertreten, es gab mehrere Schmiede, Schuhmacher, einen Sattler, den die Bauern aus dem Ort und aus der Umgebung mit ihren Pferdegeschirren aufsuchten. Ja, Pferde waren noch allgegenwärtig, ob sie die schweren Lastkarren mit den großen Rädern oder den Leichenwagen über das holprige Orsoyer Pflaster zogen. Die Schmiede standen vor dem lodernden Feuer, ihre Körper warfen gespenstische Schatten an die Wände der Schmiedewerkstatt. Das faszinierte Kinder. Es gab mehrere Bäcker, die

Frühaufsteher unter den den Handwerkern, Schneider, die Anzüge nach Maß nähten und im Schneidersitz ihren Arbeitstag verbrachten. Die Totenkisten wurden im Ort geschreinert und eine stand für den Schreiner selbst bereit. Das blutige Geschäft der Metzger konnte man als Kind hautnah miterleben. Überall durften Kinder ihre Nase hineinstecken.

Der einzige praktische Arzt in der Stadt war chronisch überlastet, war für alles zuständig, verschrieb auch Brillen und kurierte Koliken von schwarzweißen Kühen. Daneben operierte er in den zwei Krankenhäusern der Stadt, dem evangelischen und dem katholischen. Für Kinder war das, womit ihre Väter das Geld verdienten, meist anschaulich und nachvollziehbar.

Es war noch eine fast fernsehfreie Zeit. Es gab Familien, die an Sommerabenden die Stühle nach draußen vor ihr Haus rückten, mit der ganzen Familie, einschließlich der Kinder, Platz nahmen und das Leben auf der Straße wie einen Film genossen, die Vorübergehenden grüßten und mit dem einen oder anderen ins Gespräch kamen. Erst wenn es dunkel wurde, zog man sich ins Haus zurück.

In diese Zeit will der Autor den Leser zurückführen, ihn auf eine Stadtführung mitnehmen, die eigentlich eine Topografie der Stadt liefert anhand der Menschen, die in ihr wohnten. Orsoy war südlichster Zipfel des alten Herzogtums Kleve, eine Exklave mit einem Schloss, das 1672 auf Befehl Ludwigs XIV. gesprengt wurde, das eine über Strecken noch erhaltene Stadtmauer hat, von Wällen umgeben ist und an dem der Rhein dicht vorbeifließt. Die vier Hauptstraßen, die am Markt aufeinandertreffen, teilen die Stadt in vier Stadtviertel: Grut- und Kirchenviertel auf der Nordseite, Mühlen- und Rheinviertel auf der Südseite.

Der Autor versetzt sich in das Kind von etwa zehn Jahren und sieht die kleine Welt mit dessen Augen, versucht dessen Sprache und dessen Denken nachzuvollziehen. Er lässt den

Leser teilhaben an den kindlichen, vielleicht naiven Deutungen jener vertrauten Umgebung mit den wiederkehrenden Figuren und Ereignissen. Das macht, wenn man so will, individuelle Heimat aus, eine Prägung, die nachwirkt und Folgen hat:

„Wir leben nur unsere Kindheit zu Ende."
(Rainer Maria Rilke)

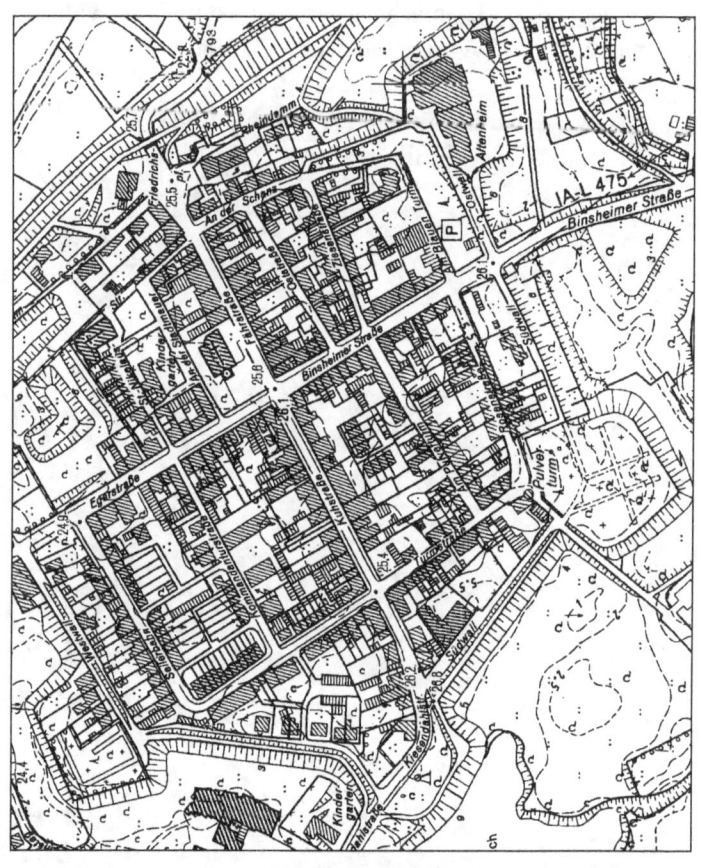

Orsoy – Deutsche Grundkarte DGK 5, Maßstab 1:5000,
Stand März 2005, abgedruckt mit freundlicher Genehmigung des
Kreises Wesel.

Anmerkung: Die »Fährstraße« hieß bis zur Eingemeindung Orsoys
nach Rheinberg »Rheinstraße«

Die Egerstraße kenne ich gut

Wir wohnen auf der Egerstraße vier. Von uns aus kann man bis zur Rheinwerft gucken, wo die Kohlen aus den Zechen ankommen und dann auf die Schiffe verladen werden. Also, die Egerstraße ist richtig lang, muss sie auch. Sonst hätten all die Geschäfte keinen Platz. Die Apotheke ist etwas Besonderes. Der alte Apotheker Thüssing guckt mich über seine Brille weg immer so scharf an. Da kriegt man richtig Angst.

Die Egerstraße – vor meiner Zeit, aber in den fünfziger Jahren fast genauso (Herkunft: Stadtarchiv Rheinberg)

Er spricht so schnell und ungeduldig. Ich bin immer froh, wenn er sich umdreht und mir den weißen Kittelrücken zudreht. Das tut er, wenn er etwas zusammenmischt, irgendein Pulver oder eine Salbe oder Tropfen gegen den Husten, den wir alle zu Hause im Winter mal kriegen. Meistens fängt mein

Bruder damit an. Wenn die Nase zusitzt, müssen wir über Kamillen. So sagt meine Mutter das immer. Das ist wie Gefängnis. Das Handtuch über dem Kopf macht, dass der heiße Dampf nicht raus kann. Den muss man dann einatmen. So muss Hölle sein. Und wenn ich sage, jetzt ist aber genug, sagt Mama, nein, noch dreimal so lange. Die Hölle hört nicht auf. Im Kindergottesdienst kommt auch die Hölle vor. Ein bisschen weiß ich schon, wie das da sein muss. Für die Sünder ist das und für die, die Schnupfen haben und bei denen die Nase verstopft ist. Sünder ist ein komisches Wort. So ähnlich wie Senden, die Frau Senden. Die wohnt nicht auf der Egerstraße. Aber bei der kann man Kaffee kaufen. Ich glaube, das ist die einzige Frau in der Stadt, die Kaffee verkauft.

Neben uns wohnen die Imgrunds. Die Imgrunds haben eine Drogerie. Auch Schnaps kann man da kaufen und das ist der einzige Laden, zu dem man Filme bringen kann, aus denen Fotos gemacht werden. Herr Imgrund trägt immer einen weißen Kittel. Der Kittel geht auch über seinen Buckel. Deshalb ist der Kittel hinten kürzer als vorne. Manche Leute sagen, dass Herr Imgrund früher richtig groß gewesen ist und dass sein Rückgrat gebrochen ist. Aber aus seiner Fotokammer hinten im Schuppen kommen schöne Fotos. Manchmal dürfen mein Bruder Günter und ich reingucken. Herr Imgrund sagt, das ist eine Dunkelkammer, nur ein bisschen rotes Licht ist erlaubt. Die alten Papierfilme liegen in Imgrunds Hof auf einem großen Haufen. Daraus sind alle Fotos gemacht worden, die die Leute in unserer Stadt geknipst haben. Im Sommer sitzen die Imgrunds meistens draußen vorm Haus. Alle Imgrunds, Herr und Frau Imgrund und vier Kinder. Heinz Imgrund schleppt immer die Stühle heraus und zwei Kissen für Herrn und Frau Imgrund. Die sitzen einfach da und gucken, wer alles vorbeigeht. Nabend sagen sie oder Nabendzusammen, wenn es mehrere sind. Manchmal bleibt auch jemand bei den Imgrunds stehen. Irgendwie sind die Imgrunds Draußenmenschen. Wir machen das nicht so oft. Papa sagt immer, auf Imgrunds lassen wir nichts kommen. Die Drüens auf der anderen Seite neben uns sind abends nie draußen. Der alte Herr Drüen ist nicht so oft zu sehen und hat einen riesigen Schnurrbart. Draußen am Laden hängt ein Schild: Drüen Maßschneiderei. Mama sagt, Schneider sitzen nicht auf einem Stuhl, wenn sie nähen, sondern auf dem Tisch. Den alten Herrn Drüen habe ich aber noch nie so gesehen. Papa sagt immer, die Preisschilder in Drüens Schaufenster sind wie gemalt. Er ist ein bisschen neidisch auf Drüens wegen der Preisschilder. Die Preisschilder in unserem Schaufenster bei den Schuhen sind zusammengesteckt aus einzelnen Zahlen. Die finde ich eigentlich auch ganz schön. Wenn das Schaufenster neu dekoriert wird, dauert das den ganzen Tag, von morgens bis abends.

Die Drogerie Imgrund, unser Nachbarhaus (Herkunft: Anni Imgrund)

Zwischendurch muss Papa immer wieder nach hinten in die Werkstatt, weil die Leute immer fragen, sind meine Schuhe schon fertig? Wenn Schaufenstertag ist, gibt es meistens Bohnen durcheinander zum Mittagessen, das ist nicht so schön. Vom Riechen habe ich schon genug.

Schräg gegenüber am Markt gibt es Brötchen. Das ist die Bäckerei von Lecke. Wenn morgens die Brötchen und Teilchen und der Bienenstich fertig sind, kommt der alte Herr Lecke schon mal vor die Tür und guckt, wer alles in seinen Laden geht. Für zwanzig Pfennig kriegt man drei Brötchen. Manchmal hört man den Herrn Lecke in seiner Backstube singen. Mama sagt, Franz Lecke singt Kirchenlieder. Die Kirche ist ja auch gleich nebenan. Leckes können jeden Sonntagmorgen die Kirchenlieder ganz gut hören, glaube ich. Kein Wunder, dass der alte Herr Lecke alle Lieder aus der Kirche kennt. Meine Mutter sagt, bei Lecke gibt es so schöne krosse Brötchen. Die sind auch am nächsten Tag noch schön. Für Leckes brauche ich keinen Einkaufszettel, aber für Giesens Lebensmittelgeschäft wohl. Das kann ich nicht alles behalten. Ich gehe nicht so gerne dahin, weil da die Leute so eng zusammenstehen müssen. Und manche riechen so alt. Aber Vordrängen geht nicht. Da passen die Frauen schon auf. Die Giesens sind drei Frauen. Männer gibt es bei denen wohl nicht. Mama sagt, geh mal zu den Giesensmädchen, heute sind Giesens dran. Die Giesensmädchen lassen nämlich bei uns ihre Schuhe reparieren. Die Giesensmädchen sind bestimmt so alt wie Mama oder noch älter. Aber Mama sagt immer die Giesensmädchen. Es gibt zwölf Lebensmittelgeschäfte und alle lassen von Papa ihre Schuhe reparieren. Jeder kommt beim Einkaufen mal dran. Aber Fisch gibt es nur bei Schumann. Bei Karoline Peters kann man eingelegte Heringe kaufen. Aber Schumann und Peters wohnen nicht auf der

Egerstraße, sondern auf der Kuhstraße. Die Egerstraße kenne ich am besten. Da kenne ich jedes Haus und weiß auch, wer einen frechen Hund hat und wer immer hustet und wer Holzschuhe trägt.

Karoline Peters' Feinkostgeschäft (Herkunft: Christine Peters)

Der alte Herr Fällgenträger auf unserer Seite trägt keine Holzschuhe, aber muss immer husten. Der raucht ja auch immer, so kleine dünne Zigarren, und hat eine heisere Stimme. Seine Frau auch, aber die raucht nicht, glaube ich. Er ist ziemlich klein und seine Frau ist lang und dünn und trägt immer einen Schal um den Hals, im Sommer und im Winter, immer. Der alte Herr Fällgenträger geht oft die Egerstraße rauf und runter, ein Stück jedenfalls. Ich brauche Bewegung, sagt er, und dann muss er schon wieder husten. Wenn ich in einem so kleinen Haus wohnte, würde mir auch schlecht werden und ich würde lieber draußen sein. Die Ladentür von Fällgenträgers steht meistens offen und den Tabak und die Zigarren kann man bis draußen riechen. Frau Kleintjes von der Tankstelle auf der Egerstraße kommt öfter und kauft Zigaretten bei Fällgenträgers. Einmal schräg rüber. Ihre Nase ist ein bisschen rot und so bläulich, auch wenn es draußen nicht so kalt ist. Wir haben nur eine Tankstelle, das ist die von Kleintjes auf der Egerstraße. Ich gucke oft zu, wenn die Leute Benzin tanken. Das Benzin riecht so scharf, jedenfalls besser als die alten Frauen in Giesens Laden. Die Kleintjes verkaufen auch Fahrräder und Porzellan. Hinten in der Werkstatt werden Fahrräder repariert. Manche Leute sieht man nie auf dem Fahrrad. Kleintjes selber oder Leo. Das ist der Wirt von der Wirtschaft in der Schulstraße, ein paar Schritte von der Egerstraße weg, aber eigentlich noch Egerstraße. Bei ihm ist ein Bein kürzer. Deshalb geht das Fahrradfahren auch nicht, glaube ich. Leo ist allein und Frau Krause kocht für ihn. Er geht schräg rüber zu seiner Wirtschaft, immer mit hochgekrempelten Hemdsärmeln. Die Wirtschaft ist klitzeklein wie Giesens Lebensmittelgeschäft. Mein Vater hat mich schon mal mitgenommen und Leo sagte dann, Schuster, hasse dä Jung mitgebracht? Die Theke ist noch kleiner als die bei Giesens und an der Wand hängt ein Bild vom Rhein mit Schiffen. Papa sagt, das ist von Wilhelm Funk, der ist eigentlich Anstreicher, aber der kann wunderbare Bilder malen. Den möchte ich mal besuchen und noch andere Bilder sehen, aber Funks wohnen auf der Binsheimer Straße.

Mama sagt, für feinere Sachen gehe ich zu Gretchen Voß, für ganz dünne Taschentücher und Schals. Die hat sie auch in ihrem Schaufenster. Das Fräulein Voß hat auch keinen Mann, aber im Haus wohnt noch die alte Frau Busch. Die ist winzig klein und ganz schrumpelig, wie das Leder an getragenen Schuhen. Ich glaube, Frau Busch kauft für Gretchen Voß immer ein. Die muss ja in ihrem Laden bleiben. Gretchen Voß spricht und atmet gleichzeitig. Mitten in einem Wort holt sie ganz tief Luft. Das muss schwer sein, ist aber auch komisch. Vor Weihnachten hat sie dicke Christbaumkugeln im Schaufenster in Silber und Rot und von den Schals hängt dann langes Lametta herunter. Wir legen Tannenzweige ins Schaufenster mit roten Kerzen und hinten im Schaufenster hängt ein Bild mit Bergen und einer Kirche im Schnee. Vor Weihnachten sind die Geschäfte auch sonntags geöffnet und Papa steht im Laden. Dann kommen auch viele Bauern in grünen Lodenmänteln und rauchen Zigarren und wollen Schuhe kaufen. Manche riechen auch ein bisschen nach Kuhstall, aber nur wenig. Manchmal kommt dann auch Herr Berns. Berns Jan, sagt mein Vater. Das darf mein Vater so sagen, weil die zwei alte Freunde sind. Schon von vor dem Krieg, sagt mein Vater. Berns Jan ist richtig dick und bläst die Luft aus. Und wenn er einatmet, wird er noch dicker. Manchmal besuchen wir auch Berns Jan in seiner Wirtschaft im Dorf. Immer dann, wenn Papa mit seinem Auto die Bauern besucht und Schuhe verkauft. Unser Auto ist ein Lloyd Kombi. Oft verkauft Papa Schuhe für die ganze Familie, fünf Paar vielleicht auf einmal. Und weiter geht es zum nächsten Bauernhof und wieder weiter. Dann ist es schon längst dunkel und ich sitze im Lloyd Kombi und passe auf die Schuhe auf und die Pantoffeln und Rosshaarsocken, aber da ist sowieso keiner auf der Straße. Wenn Papa genügend Schuhe verkauft hat, fahren wir zurück und halten immer an Berns Jans Wirtschaft. Dann gibt es Bier und Schnaps für Papa und Libella für mich und immer Mettbrötchen mit Zwiebeln und viel Pfeffer drauf. Papa kennt in der Wirtschaft fast alle, weil er ja früher im Dorf eine Werkstatt hatte.

Der Lloyd-Kombi mit meinen Eltern und meinem Bruder Günter
(Herkunft: Heinz van de Linde)

Schwarzbrot kaufen wir immer bei Quintin Schmitt. Den Namen Quintin finde ich schön. Quintinus, sagt mein Vater manchmal. Der Name ist sicher ganz selten. Spekulatius von Quintinus Schmitt ist lecker. Wir essen oft Schwarzbrot mit Butter und Spekulatius drauf. Ich weiß noch, wie wir Rübenkraut selber gemacht haben. Einmal stand der dicke Topf auf dem Herd, als abends der Nikolaus kam. Den ganzen Tag stand der Topf auf dem Herd und in der Küche roch es so süßwarm. Abends war das Rübenkraut dann fertig. Das schmeckt auch gut unter Blutwurst und Leberwurst. Die kriegen wir immer, wenn bei Onkel Hermann oder Onkel Wilhelm ein Schwein geschlachtet wird. Wenn man die Würste etwas hängen lässt, werden sie außen ganz runzlig, aber dann schmeckt die Wurst am besten. Herr Quintin Schmitt ist ziemlich klein und spricht anders als alle anderen auf der Egerstraße. Mein Vater sagt, der kommt von der Mosel, deshalb trinkt er auch so gerne Wein. Mein Vater kennt Herrn Quintin ganz gut. Ich glaube, Herr Quintin ist auch in einem Kegelklub wie mein Vater. Also, Herr Quintin ist Bäcker, aber was der viel lieber tut, ist Radios oder Autos reparieren, am liebsten blaue Opel. Ein blauer Opel steht bei Imgrunds auf dem Hof. Und wenn er eben kann, ist er da. Mal liegt er unter dem Auto, mal ist er halb im Motor verschwunden. Ich gucke gerne zu, auch wenn er manchmal ein bisschen schimpft, wenn nicht alles so klappt. Manchmal bringe ich auch Freunde mit, Eugen, Helmut oder Erwin und Heinrich-Wilhelm. Die dürfen alle in Imgrunds Hof. Nach Quintin und Giesens kommen auf dieser Seite keine Geschäfte mehr. Aber auf der anderen Seite noch Thüssings Apotheke und Funcks Anstreichergeschäft, wo man Farbe und Tapeten kaufen kann.

Am Ende der Egerstraße ist der Bauernhof von Gehnen mit einer großen Wiese gegenüber mit Schafen, direkt an der Stadtmauer. In einer Ecke der Wiese war früher das Schloss. Lehrer Simon sagt, da hat der Herzog gewohnt, wenn er nach hier zu Besuch kam. Heute kann man von dem Schloss nichts mehr sehen. Vor vielen Jahren war da sicher noch alles zu sehen. Ein richtig großes Wohnzimmer, mehrere Schlafzimmer und ein Klo mit Gold, glaube ich. Einen Bauern auf der Egerstraße habe ich vergessen. Schräg gegenüber von uns ist der Bauernhof von Susmann. Die haben drei Pferde mit dicken Hintern und Schaum am Maul. Die Pferdekarren haben riesige Räder. Passt auf, dass ihr da nicht drunter kommt, sagt Mama. Aber Bauer Susmann ist ziemlich vorsichtig. Doch einmal, das war, als unser Lloyd Kombi vor unserem Laden stand, da ist von Susmanns Heuwagen eine Heugabel heruntergefallen und direkt auf das Dach von unserem Auto und ist darin stecken geblieben. Mein Vater hatte das aus dem Laden durchs Schaufenster gesehen und ist rausgestürzt. Dann hat er die Heugabel herausgezogen und mit Herrn Susmann geschimpft. Bauer Susmann hat was von einem Leukoplastbomber gesagt. Das kostet dich ein paar Bier, hat Papa gesagt. Auf die Löcher hat er einen großen Flicken gesetzt. Als Schuhmacher kann er das gut. Das macht er ja auch bei Schuhen.

Als wir auf der Binsheimer Straße wohnten

Als wir noch auf der Binsheimer Straße wohnten, so fangen viele Geschichten von Mama und Papa an. Da gab es auch schon eine Werkstatt und einen Laden. Aber ich kann mich nicht mehr erinnern. Mama sagt, im Krieg in einer Nacht mit Bombenalarm seid ihr beide aus dem Fenster geklettert und zu Beckers rübergelaufen, die die Wirtschaft haben, und alle haben gestaunt, dass wir auf einmal da waren und konnten das gar nicht begreifen. Als wir beide noch klein waren, ist Mama auf der Binsheimer Straße vor unserem Haus über eine Mülltonne gefallen und hat sich das Bein verletzt. Papa war zu der Zeit Soldat im Krieg. Das mit der Mülltonne erzählt Mama immer wieder, denn seitdem hat sie Geschwüre an den Beinen und muss sie immer wickeln. Das passiert immer morgens ganz früh. Manchmal tun ihr die Beine richtig weh. Ich weiß nicht, warum wir nach dem Krieg aus dem Haus raus mussten. Das verstehst du nicht, das hat was damit zu tun, dass Papa in der Partei war. Dafür muss man aus einem Haus raus?

Als wir zwischen den spanischen Wänden wohnten

Als wir noch bei Hagen zwischen den spanischen Wänden wohnten, gingen Papa und Mama abends öfter mal weg. Sie sagten immer, wir müssen noch mal die und die oder den und den besuchen. Damit wir keine Angst hatten, ließen sie eine Lampe brennen und hängten ein Handtuch darüber, damit das Licht nicht so grell war. Einmal sah ich, dass sie leere Säcke mitnahmen. Das fand ich komisch. Einmal wurde ich wach, als sie zurückkamen, und sah, dass sie beide an den Händen und im Gesicht schwarz waren. Mama hat uns morgens dann die Wahrheit gesagt, wir gehen einmal die Woche Kohlen besorgen, einer klettert auf den Kohlenzug kurz vor der Werft und wirft die dicken Kohlenbrocken vom Waggon herunter. Die anderen machen dann ihre Säcke voll und auch zwei Säcke für den, der die Kohlen herunterwirft, es sind immer mehrere da. Mama sagt auch, das ist keine Sünde, die paar Kohlen tun der Werft nicht weh, da drückt der liebe Gott schon ein Auge zu. Was soll man machen, bei Gustav Adelmann kann man keine Kohlen kriegen, sagte mein Vater. Als wir noch bei Hagen zwischen den spanischen Wänden wohnten, hatten wir auch Kaninchen, so vier oder fünf. Gebt den Kaninchen lieber keine Namen, die werden nämlich geschlachtet, wir hatten früher ein Huhn, das hieß Lisa, als das geschlachtet wurde, konnte ich nichts davon essen, sagte meine Mutter. Günter und ich mussten für die Kaninchen immer Löwenzahn suchen. Löwenzahn fressen die Kaninchen besonders gerne. Jetzt auf der Egerstraße haben wir keine Kaninchen mehr, wir haben einen Hamster und Fische in einem Aquarium. Für eine kurze Zeit hatten wir auch eine Dohle, die ein bisschen sprechen konnte.

Einmal haben wir der Dohle Holunderbeeren zum Fressen gegeben. Dann hat sie die weiße Wand im Hof von oben bis unten vollgeschissen und alles war violett. Als mein Vater das gesehen hat, sagte er, die Dohle muss weg. Am nächsten Tag haben wir die Dohle für eine Mark verkauft. Ich glaube, sie hat dann nicht mehr lange gelebt.

Der Rhein mit Rheinwerft und Schiffen
(Herkunft: Günter van de Linde)

Ich bin oft am Rhein

Willi Raiers ist ein Freund von Papa und in demselben Kegelklub wie er. Er ist Fischer auf dem Rhein und hat ein Fischerboot. Mein Vater sagt immer Aalschocker, weil Willi Raiers hauptsächlich Aale fängt. Dafür kriege ich das meiste Geld, sagt er. Einmal in der Woche kommt ein Auto aus Düsseldorf und holt die Aale ab. Dann kriegt er sofort sein Geld. Aber auch andere Fische sind manchmal im Netz. Von denen bekommen wir öfters welche ab. Dann gibt es bei uns Fisch zum Mittag- oder Abendessen. Aber der Bräsen hat fürchterlich viele Gräten. Wenn wir Aal haben, dann muss Papa den Aal mit Salz einreiben, damit der Schleim abgeht. Wenn er tot ist, wird er aufgeschlitzt, damit das Innere herausgezogen werden kann. Dann wird er in Stücke geschnitten und in der Pfanne gebraten. Aber so richtig tot ist er noch nicht. Denn der Deckel auf der Pfanne klappert und die Stücke bewegen sich noch. Auf dem Aalschocker haben Willi Raiers und seine Frau eine richtige Wohnung mit Wohnzimmer und Küche und Schlafzimmer. Alles ist weiß gestrichen und ziemlich klein und eng. Manchmal dürfen mein Bruder und ich zu Raiers' kommen. Wir laufen ein paar Kilometer auf dem Rheindeich und gehen dann über ein Holzbrett auf den Aalschocker. Frau Raiers macht immer heiße Schokolade für uns. Die ist ganz anders als bei uns zu Hause. Frau Raiers nimmt nämlich Büchsenmilch und die macht die heiße Schokolade so schön dickflüssig. Wenn wir Raiers' besuchen, freuen wir uns auf die heiße Schokolade am allermeisten. Es wundert mich nicht, dass Willi Raiers so oft bei uns in der Stadt ist. In der kleinen Wohnung auf seinem Schiff kann er es wahrscheinlich nicht immer gut aushalten. Schlimm wird es für die Raiers', wenn Hochwasser ist. Dann wird das Fischerboot an eine sichere

Stelle geschleppt. Irgendwo in einen Hafen, glaube ich. Und die beiden Raiers' wohnen während der Zeit an Land bei Ney, die einen kleinen Bauernhof haben.

Der Aalschocker von Willi Raiers (Herkunft: Günter van de Linde)

Bei Hochwasser legt die Fähre dicht vor dem Rheintor an. Dann dauert die Fahrt auf die andere Seite doppelt so lange, kostet aber nicht mehr Geld. Nach dem Hochwasser liegt immer alles Mögliche am Ufer herum, besonders Holz. Das schleppen mein Bruder und ich auf einer Karre nach Hause. Auf dem Hof lassen wir das Holz trocknen und heizen damit unsere Öfen und unseren Herd im Haus, auch mit Kohlen natürlich. Die kippt Gustav Adelmann einmal im Jahr vor unser Schaufenster. Dann schippen wir die Kohlen in das Kellerloch und haben genug für den Winter. Im Sommer gehen wir sonntags öfter mit Papa zum Rhein. Meine Freunde und einige aus meiner Klasse sind dann auch oft am Rhein. Wir nehmen eine Wolldecke mit und eine Flasche Apfelsaft und Marmorkuchen. Wenn man im Rhein schwimmt, muss man ganz schön aufpassen. Die Strudel sind gefährlich und an ein Schiff schwimmen und sich festhalten und sich ein Stück ziehen lassen ist noch viel gefährlicher. Ich habe es zweimal gemacht. Manche schwimmen an die Schiffe, ziehen sich hoch und klauen Holz. Sie werfen die runden Holzstücke ins Wasser. Da warten schon andere und jeder schiebt beim Schwimmen ein Stück Holz vor sich her bis zum Ufer. Aber die Leute auf dem Schiff passen ganz schön auf. Auch Hunde gibt es auf den Schiffen. Für die Mädchen ist das alles nichts.

Rhein mit Schiff, von der Fähre aus fotografiert
(Herkunft: Heinz van de Linde)

Nach den Hausaufgaben treffen wir uns oft mit anderen am Rhein in der Pferdewiese von Bongert. Die gehört dem Vater von meinem Freund Eugen. Da sind richtige Reitpferde und Eugens Vater, Herr Bongert, der Metzger auf der Binsheimer Straße, macht bei Pferderennen mit. Er sitzt dann auf einem leichten Wagen und lässt sich von dem Pferd ziehen. Aber schnell sind die Pferde und Herr Bongert muss die Zügel ganz schön fest in den Händen halten. Ich möchte gerne mal neben ihm sitzen. Aber das geht leider nicht, sagt er. Das ganze Ufer am Rhein liegt voller Kieselsteine. Wenn man die flachen Kieselsteine richtig wirft, springen die so übers Wasser und klatschen mehrmals auf. Das macht Spaß.

Onkel Huberts Kneipe, auf der Treppe mein Bruder Günter
(Herkunft: Günter van de Linde)

Wir machen Wettbewerbe, wessen Stein am meisten aufklatscht. In der Kurve vor der Fähranlegestelle liegt ein rot angestrichenes Holzhäuschen. Da wohnt Onkel Hubert. Manchmal kaufen wir Lakritz oder Waldmeisterbrause in seiner Wirtschaft. Die ist so klein wie die von Leo auf der Egerstraße. Aber alles ist aus Holz, die Decke, die Wände und der Fußboden. Onkel Hubert ist schon alt und stützt sich immer an den Tischen ab, wenn er durch die Wirtschaft geht. Papa hat uns erzählt, Onkel Hubert hat einmal einem Einbrecher zwei Finger mit einem Beil abgehackt. Der Einbrecher hat zuerst das Glas in dem Türfenster eingeschlagen und wollte dann seine Hand durch das Fenster schieben und den Schlüssel von innen umdrehen und die Tür aufschließen. Onkel Hubert lag auf der Lauer. Da hätte ich Schiss gehabt. Aber Onkel Hubert hat mit dem Beil zugeschlagen. Die Kerbe in der Tür kann man noch sehen. Viele Leute kommen nur zu Onkel Hubert, um die Kerbe in der Tür zu sehen. Dann wollen sie natürlich auch immer die Geschichte hören. Mein Vater kann die Geschichte am besten erzählen. Wenn man so alleine wohnt wie Onkel Hubert, nur mit einem kleinen schwarzen Hund, dann muss man wohl ein Beil haben, glaube ich.

Der Kuhteich hat Frösche zum Aufblasen

Als wir noch bei Hagen wohnten auf der Kiesendahlstraße, alle in einem großen Raum zwischen spanischen Wänden, wo früher mal Möbel ausgestellt waren, da hatten wir den Kuhteich ganz nahe. Der Kuhteich liegt in Kuhlmanns Wiese. Aber Bauer Kuhlmann lässt uns am Kuhteich spielen. Nur die Kühe scheuchen und jagen, das dürfen wir nicht. Ganz hinten in der Wiese stehen vier riesige Kastanienbäume. Das sind Esskastanien. Aber Bauer Kuhlmann passt immer auf und plötzlich steht er in der Wiese und erwischt uns. Eugen und Heinrich-Wilhelm machen oft mit oder auch Erwin und Walter. Heinrich-Wilhelm, Erwin und Walter wohnen in der gleichen Straße wie Bauer Kuhlmann und der kennt sie ganz gut. Deshalb müssen sie besonders aufpassen. Wir versuchen es immer wieder mit den Esskastanien. Am günstigsten ist es, wenn Bauer Kuhlmann sein Mittagessen isst. Ich glaube, er legt sich danach noch ein bisschen auf sein Sofa und macht einen Mittagsschlaf. Das ist die beste Zeit, um Esskastanien zu klauen. Wenn man einen dicken Knüppel in den Baum wirft, kommen die stacheligen Kastanien nur so runtergeregnet. Am besten schmecken die Kastanien, wenn sie getrocknet worden sind und einige Zeit hinter dem Ofen gehangen haben. Dafür hat meine Mutter extra einen Stoffbeutel genäht. Wenn die Kastanien lange genug hinter dem Ofen gehangen haben und man sie dann isst, schmecken sie richtig süß.

Im Kuhteich habe ich schwimmen gelernt, Günter auch und viele andere Jungen. Meistens sind wir am Kuhteich zu fünft oder sechst. Am Kuhteich liegen auch Sachen herum, die Soldaten im Krieg dort verloren oder liegen gelassen haben. Passt auf mit dem Zeug, sagt meine Mutter, das kann alles explodieren. Aber wir finden immer etwas und fassen das ganz vorsichtig an zwischen Daumen und Zeigefinger. Manchmal finden wir auch Kupfer oder Blei, Sachen aus Eisen sowieso. Wir kennen ganz genau den Unterschied. Auf Kupfer und Blei ist der Lumpenhändler ganz scharf. Schon von weitem hört man seine Schelle. Es gibt auch einen Lumpenhändler, der richtig schön Flöte spielt. Dem verkaufe ich meine gesammelten Sachen am liebsten. Für Kupfer gibt es das meiste Geld. Schade, dass wir kein richtiges Boot haben und damit über den Kuhteich rudern können. Dann kämen wir auch an Stellen am Ufer, die man vom Land aus nicht erreichen kann. Wir haben es schon einmal mit einer kleinen Badewanne versucht, aber das hat nicht so gut geklappt. Helmut Muspasch wäre dabei fast ertrunken. Der macht überhaupt so verrückte Sachen. Einmal hat er versucht einen Frosch aufzublasen. Frösche gibt es ja satt und genug. Da kommt es auf einen mehr oder weniger nicht an. Wenn die Luft wieder raus ist, können die Frösche doch weiterleben, glaube ich jedenfalls. Mit dem Helmut Muspasch kann man alles machen. Der springt auch mit Schuhen und allen Sachen ins Wasser, wenn man sagt, spring doch. Am schönsten ist es, wenn im Winter der Kuhteich zugefroren ist. Für die Fische im Kuhteich ist das nicht so gut, aber für uns. Die Angler, die uns im Sommer öfter wegjagen, hacken im Winter Löcher ins Eis und stecken Strohbüsche in die Löcher. Durch die Strohhalme können die Fische dann atmen. Wenn das Eis dick genug ist und trägt, ist der Kuhteich voller Leute. Mein Bruder Günter und ich, wir haben beide ein Paar Schlittschuhe, die man unter den Schuhen festschrauben muss. Dazu gibt es einen Schlüssel, den man ja nicht verlieren darf. Schlittschuhlaufen ist nicht so einfach. Wenn man hinfällt, fällt man immer nach hinten auf den Hinterkopf. Ich habe lange am Rand geübt. Später konnte ich quer über den Kuhteich schaatsen, so sagen wir.

Die Großen spielen Eishockey, manche mit richtigen Stöcken, manche mit selbstgemachten. Günter und ich haben selbst gemachte, aber so richtig mitspielen lassen uns die Großen nicht. Wenn Pitt Brecker in der Stadt ausruft, dass das Eis auf dem Kuhteich dick genug ist, freuen sich alle und haben schon darauf gewartet. Nicht die Giesensmädchen und die alte Frau Busch, Leo auch nicht. Der möchte vielleicht, er kann aber nicht, weil er ein kürzeres Bein hat.

Die Schule will meine rechte Hand

In der Schule hat das Fräulein Brands sehr schnell gesehen, dass ich immer nur mit der linken Hand schreiben und malen wollte. Auch andere nahmen lieber die linke Hand. Aber das wollte das Fräulein Brands überhaupt nicht. Die andere Hand bitte, sagte sie immer. Und dann tat mir an der rechten Hand der Mittelfinger richtig weh. Auch zu Hause noch.

Günter (re) und ich (li) beim Schulfoto-Termin
(Herkunft: Heinz van de Linde)

Fräulein Brands hat auch meiner Mutter davon erzählt. Mein Vater repariert ja ihre Schuhe. Dann sagte auch Mama, die rechte Hand bitte. Aber Gott sei Dank sagte das keiner, wenn ich mit dem Hammer gearbeitet habe oder mit der Kneifzange oder Papa sonst in der Werkstatt geholfen habe. Ich gehe in die evangelische Schule, manche in die katholische. Bei den Hausaufgaben kann mir keiner helfen. Mama und Papa haben beide genug zu tun. Sie helfen auch Günter nicht, vielleicht manchmal beim Rechnen ein bisschen. Ich möchte gerne zum Gymnasium. Lehrer Simon hat uns von den Römern erzählt und von ihrer Sprache und was auf den Grabsteinen der Römer steht. Die Wörter gefallen mir. Das ist Latein, sagt Lehrer Simon, das lernt man auf dem Gymnasium. Schon deshalb möchte ich zum Gymnasium gehen. Da muss ich jeden Tag mit dem Zug fahren. Das macht nichts. Zugfahren finde ich schön. Bei Lehrer Simon muss ich oft vorne in der Ecke stehen, weil ich mit meinem Nachbarn gesprochen habe oder weil ich mit dem Deckel auf dem Tintenfass in der Bank geklappert habe. Auf der Liste an der Tür stehen bei meinem Namen viele schwarze Kreuze. Das bedeutet nichts Gutes.

Papa hat uns Stelzen gemacht aus Holz. Das Holz hat er von Schreiner Hagen. Da, wo wir gewohnt haben zwischen den spanischen Wänden, alle in einem großen Zimmer. Mit den Stelzen ist man gleich ein Stück größer. Wir laufen überall auf Stelzen. Wir stelzen durch die Küche, durch den Flur am Aquarium vorbei, durch den Laden, zwei Stufen hinunter und direkt auf den Bürgersteig. Man kann durch Matsch stelzen, durch Regenpfützen, Treppen hinauf und hinunter, aber das ist nicht so einfach. Die lange Frau Fällgenträger ist auf einmal viel kürzer geworden. Und ich bin jetzt so groß wie Herr Fällgenträger. Man kann auch auf Blechbüchsen stelzen. In leere Blechdosen bohrt man zwei Löcher mit dem Dosenöffner und zieht Kordel hindurch. Innen in der Dose werden die Kordelenden verknotet. Jetzt hat man außen lange Schlaufen und kann daran die Dosen an den Schuhen halten. Das geht auch ganz gut, macht aber viel Krach. Manchmal stelzen wir mit unseren Holzstelzen morgens zur Schule und treffen noch andere Stelzenläufer. Kurz vor der Schule verstecken wir unsere Stelzen im Gebüsch und holen sie mittags wieder ab. Wenn es Schulspeisung gibt, brauchen wir eine Hand für den Topf.

Dann geht das nicht mit den Stelzen. Ich habe einen Topf, der leicht Beulen kriegt. Der ist aus Aluminium. Das ist ganz leichtes Metall, nicht wie Eisen. Als Benno Lukatsch aus meiner Klasse mich geärgert hat, habe ich ihm eins auf den Kopf gegeben mit dem Aluminiumtopf. Davon hat der Topf die größte Beule. Die Suppe bei der Schulspeisung ist mal rosa, mal grünlich oder auch braun. Die grünliche Suppe riecht am besten. In der Schule sagen manche, die Suppe kommt aus der Küche von Frau Momm in der Rosenstraße, das ist die Mutter von Frieda Momm in meiner Klasse. Frieda Momm sagt, wir spülen nur die großen Behälter, die Suppe kommt vom Metzger. Die Momms wollen es nicht gewesen sein, wenn die Suppe mal nicht so gut schmeckt. Suppe gibt es oft, aber Carepakete nicht so oft. Jeder hat ein Carepaket ganz für sich. Alles darin ist zum Essen. Mir sind die viereckigen Plätzchen am liebsten. Lehrer Simon sagt, das haben die Amerikaner für uns gepackt. Die Amerikaner sind echte Freunde, sagt er, das tun nur gute Freunde.

Schulausflug zum Amphitheater in Xanten
(Herkunft: Günter van de Linde)

Einmal haben wir einen Schulausflug zum Amphitheater in Xanten gemacht. Günter war auch dabei. Wir hatten unsere Agfa Box mit. Jemand hat uns mit noch anderen Jungen fotografiert, als wir auf einem Pfeiler saßen. Die Agfa Box haben wir bei Imgrund gekauft. Herr Imgrund hat uns gezeigt, wie man einen Film einlegt und am Ende wieder rausnimmt. Die ersten Fotos haben wir von unserem Lloyd Kombi gemacht, als wir mit Mama und Papa in den Diersforter Wald gefahren sind. Hier haben uns die Amerikaner gefangen genommen, sagte mein Vater. Jetzt sind sie wohl unsere Freunde, wenn Lehrer Simon Recht hat.

In der Kotelettsvilla
liegt das Geld im Schutt

Die Kotelettsvilla liegt auf dem Wall, der zum evangelischen Krankenhaus führt. Dort sind wir oft mit Freunden und anderen aus der Schule. Eigentlich gibt es die Kotelettsvilla gar nicht mehr. Die ist im Krieg zerstört worden. Es gibt nur den Schutt und die Trümmer. Ein paar Wände stehen noch. Wir klettern in den Trümmern herum und porkeln mit Stöcken. Manchmal finden wir Stücke von Rohren aus Kupfer oder Blei. Eisen liegt sowieso genug herum. Wir schleppen alles zusammen und stapeln das bei uns im Hof. Der Lumpenhändler wiegt alles und sagt uns, wie viel Kilo es sind. Wenn er uns einen Preis sagt, rechnen wir genau nach. Da lassen wir uns nicht betuppen. Es ist schon komisch, dass wir in der Kotelettsvilla immer noch etwas finden. Karlheinz Tinssen sagt, mein Opa war Metzger und hat viele Koteletts verkauft und davon das Haus gebaut. Das müssen ganz schön viele Koteletts gewesen sein.

Wir haben Zirkus und Kino

Bongerts haben hinten raus ein Schlachthaus. Ich habe mit Eugen öfter zugeguckt, wenn dort geschlachtet wurde. Er geht in die gleiche Klasse. Opa Bongert wird immer ein bisschen wütend, wenn ein Schwein oder eine Kuh oder sogar ein Bulle nicht sofort umfällt und tot ist. Wenn ein dicker Bulle geschlachtet wird und dann umfällt, zittert das ganze Schlachthaus. Da kriegt man richtig Angst. Opa Bongert und Eugens Vater, der sonntags immer bei Pferderennen mitmacht, haben beide lange weiße Gummischürzen an. Im Schlachthaus ist es ja auch immer irgendwie blutig und es riecht so warm nach Fleisch. Hinter dem Schlachthaus ist Bongerts Garten. Da steht ein Schuppen mit altem Kram, auch eine kleine Karre, vor die man eine Ziege spannen kann. Einen Schuppen haben wir mal leer geräumt, weil wir den für den Zirkus brauchten. Ich weiß nicht, wer auf die Idee gekommen ist, Eugen oder ich oder vielleicht Eugens Onkel, Herr Wickel, der früher mal so was Technisches gemacht hat. Aber jetzt ist er krank und braucht einen Rollstuhl, weil er nicht mehr laufen kann. Eugens Onkel hat verrückte Ideen. Für den Zirkus hat er uns italienische Namen gegeben. Eugen wurde Eugenio, ich war Enrico, wir hatten auch Erwino, nur Benno konnte so bleiben, Ingrida war das einzige Mädchen. Das war Ingrid Gervers, die mit so riesigen Hüten und langen Kleidern mit Blumenmustern auftrat. Ich hatte zwei Rollen, Clown und Akrobat. Dafür haben wir die Teppichstange vor dem Schuppen genommen. Wir hatten auch ein richtiges Programm. Das hat Herr Wickel auf der Schreibmaschine geschrieben. Das konnte er, wenn auch nur langsam. Das haben wir dann vor der Zirkusvorstellung bekannt gegeben. Mit dem Ziegenwagen sind wir am Tag vor der Vorstellung durch die Stadt gefahren, nicht durch alle Straßen, aber durch die vier Hauptstraßen, und am Markt haben wir länger gestanden und haben wie der Stadtausrufer Pitt Brecker gerufen, morgen und übermorgen Zirkusvorstellung des Zirkus Bongertini hinter Bongerts Schlachthaus, Eintritt 10 Pfennig. Wir hatten zwei Schilder an der Karre festgemacht, auch die hatte Herr Wickel für uns gemalt. Darauf stand Zirkus Bongertini und wann die Vorstellungen waren. Herr Wickel brauchte natürlich kein Eintrittsgeld zu bezahlen. Während der Vorstellungen hat er fotografiert, insgesamt sieben Fotos. Die habe ich später bei Imgrunds abgeholt.

Zirkus hinter Bongerts Schlachthaus: Akteure und Zuschauer
(Herkunft: Heinrich Bongert)

Bei Fischer gibt es noch nicht so lange Kino. Aber alle sind ganz verrückt auf Fischers Kino. In der Schulpause sprechen wir von nichts anderem. Und wir machen aus, wann wir uns zur Nachmittagsvorstellung treffen. Oft ist die Schlange an der Kasse mehr als zwanzig Meter lang. Oma Fischer verkauft die Eintrittskarten, aber auch Maoam und Lakritzschnecken. Wenn der Film läuft und schon mal jemand laut spricht, ruft sie, aber jetzt ist Ruhe, bitte. Wenn der Film reißt und es ganz dunkel wird, ist es eine Zeit lang still. Aber wenn es länger dauert, werden viele ungeduldig und pfeifen und rufen so lange, bis der Film wieder geflickt ist und es weitergehen kann.

In unserem Haus ist viel los

Die Egerstraße vier, wo wir wohnen, ist gleich gegenüber der evangelischen Kirche.

Die evangelische Kirche, unserem Haus direkt gegenüber
(Herkunft: Heinz van de Linde)

Durch unser Schaufenster können wir genau auf die Kirchentür gucken und sehen, wer in die Kirche geht. Wir wissen auch, wer immer zu spät kommt. Manche kommen nämlich noch, wenn die Glocken schon mit dem Läuten aufgehört haben.

Mama steht morgens als erste auf. Sie macht Feuer im Küchenherd und danach auch in dem Ofen in der Werkstatt und im Laden. Die Schlafzimmer sind im Winter immer lausig kalt. Dann gibt es so schöne Eisblumen auf den Fensterscheiben. Mama putzt auch immer alle Schuhe von uns, jeden Morgen. Das könnte Papa ja genauso gut, denn er hat in der Werkstatt eine Ausputzmaschine. Damit ginge das im Handumdrehn. Manchmal meine ich, er kümmert sich um unsere eigenen Schuhe am wenigsten. Die von den Kunden müssen immer ganz blitzblank sein. Die Schuhe zum Reparieren werden vorne im Laden abgegeben und meine Mutter hört sich an, was gemacht werden soll. Sie schreibt alles auf einen Klebezettel und den klebt sie auf die Schuhsohlen. Wenn genügend Schuhe abgegeben worden sind, trägt sie die nach hinten. Oft sagt mein Vater, habe ich denn nicht schon genug Arbeit? Die reparierten Schuhe stehen vorne im Laden in einem Regal. Manchmal fragen Kunden nach ihren Schuhen und sie stehen nicht im Regal. Dann geht Mama durch den langen Flur und über den kleinen Hof nach hinten und fragt nach. Das Nachfragen hat Papa nicht so gern. Dann wird er ein bisschen laut, das kann man bis vorne hören. Immer wieder muss meine Mutter nach hinten und wieder nach vorne, vielleicht so hundertmal am Tag. Auf halbem Weg liegt die Küche. Da guckt sie dann manchmal hinein. Besonders, wenn das Essen auf dem Herd steht. Und trotzdem brennt manchmal etwas an. Das riecht man bis vorne im Laden. Wenn es Bohnengemüse gibt, riecht man das auch, ohne dass es angebrannt ist. Ich glaube, die Kunden im Laden wissen immer, was es bei uns zu Mittag gibt.

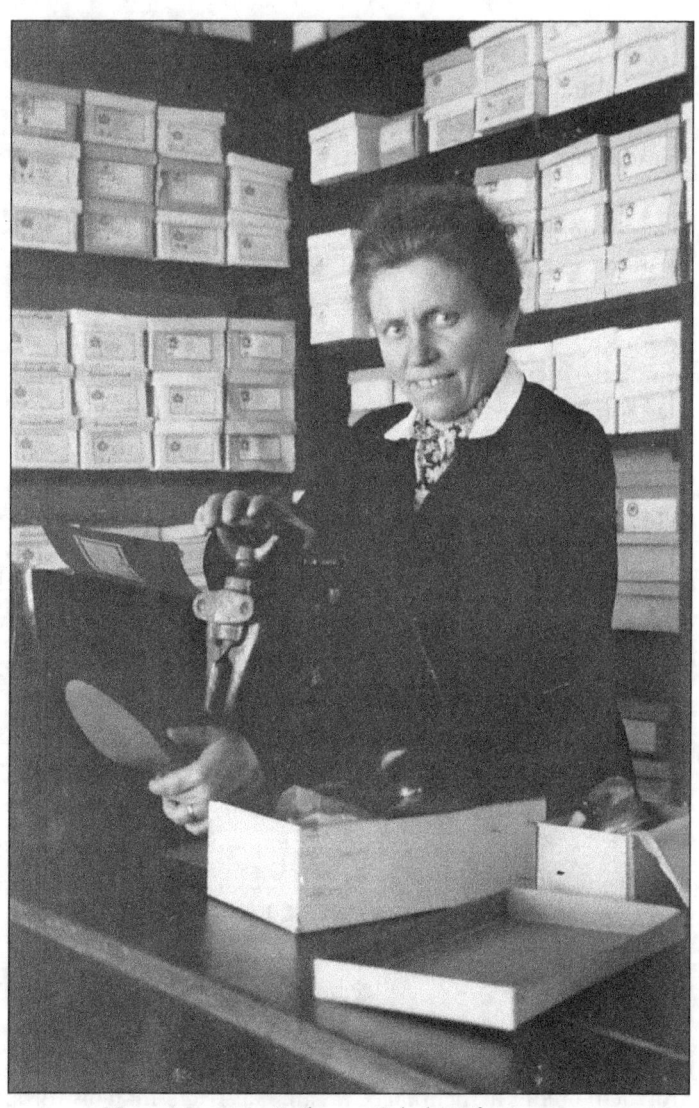

Meine Mutter im Laden am Schuh-Aufweitapparat
(Herkunft: Heinz van de Linde)

Mein Vater (re) vor dem Schaufenster mit einem Bekannten
(Herkunft: Heinz van de Linde)

Freitags gibt es Suppe von Schweineknochen, samstags Erbsensuppe mit Schweinefüßchen. Da muss man immer so kleine Knochenstücke ausspucken, weil Metzger Gehnen oder Bongert die Schweinefüße mit dem Beil durchschlagen. Das verdirbt mir den Appetit. Am meisten freue ich mich auf Fisch von Willi Raiers, Bräsen oder Aal. Im Winter gibt am Freitagabend immer Muscheln. Rheinische Art, sagt meine Mutter. Wenn die gekocht werden, riecht man so einen pfeffrigen Duft. Dazu gibt es Schwarzbrot mit Butter. Jeder kriegt einen richtigen Stapel davon. Das isst man zu den Muscheln. Papa kriegt immer riesigen Durst hinterher und sagt dann, jetzt muss ich erst mal ein oder zwei Bier trinken, und geht dann zu Liesefelds Altem Fährhaus oder zu Hugo Kerskens Wirtschaft. Dort trifft er dann andere, die auch wohl alle Muscheln gegessen haben. Mama sitzt abends oft noch lange an ihrer Buchführung. Ihre Buchführung ist ein ganz breites Buch mit Spalten in rot und blau. Sie trägt Zahlen ein und zählt Zahlen zusammen. Am

Ende muss alles stimmen, sagt sie. Manchmal fehlen ihr drei Pfennige. Wenn du mir drei Pfennig geben würdest, das nutzt doch nichts, sagt sie. Und dann rechnet und rechnet sie, und nach einer halben Stunde sagt sie auf einmal, jetzt habe ich sieben Pfennig zu viel. Und wenn es dann endlich stimmt, ist es oft schon spät. Manchmal schreiben die Leute vom Finanzamt uns einen Brief, dass sie kommen und sich die Buchführung ansehen wollen. Dann sind Papa und Mama ganz aufgeregt, obwohl kein Pfennig zu viel oder zu wenig mehr da ist. Wenn die Finanzamtleute kommen, gibt es immer etwas Besonderes zu essen. Dann kauft Mama sechs Koteletts, vier für uns und zwei für das Finanzamt. Wir essen dann auch nicht in der Küche, sondern im Wohnzimmer oben. Günter und ich müssen dann gerade sitzen und dürfen nicht viel sprechen am Tisch. Wenn die Leute abends wieder weg sind und Papa sagt, da haben wir wieder Glück gehabt, die haben nichts gefunden, dann ist er so froh, dass er gleich zu Liesefeld oder Hugo Kersken geht und ein oder zwei Bier trinkt. An dem Abend schlägt Mama ihre Buchführung nicht auf. Sie liest dann die Illustrierten vom Lesezirkel und schläft ein mit der Illustrierten in der Hand.

Einmal im Monat kommt Frau Storch zu uns in den Laden. Wir bestellen bei ihr Schuhcreme, Schuhweiß, Schuhfett für Arbeitsschuhe und sonst alles Mögliche. Günter und ich sagen Tante Storch zu ihr. Wenn sie kommt, ist das immer aufregend. Sie hat einen blauen Opel, so wie der, an dem Herr Quintin dauernd herumrepariert. Sie sagt immer, ich fühle mich im Auto sicherer als zu Fuß. Sie kommt aus Essen, das weiß ich. Sie erzählt nämlich immer davon und dass da der große Grugapark ist. Sie hat ganz rote Lippen und ihr Mund ist immer in Bewegung, weil sie dauernd etwas erzählt und zwischendurch lacht. Dann sieht man Goldzähne, die gut zu Tante Storch passen. Wenn sie bei uns ist, hat sie immer viel Zeit und wir dürfen fast die ganze Zeit dabei sein im Laden, Günter und ich. Sie spricht auch mit uns zwischendurch und bringt uns etwas mit. Ich finde die kleinen Schuhcremedosen schön. Das sind Probedöschen, sagt sie, aber mit richtiger Schuhcreme. Sie lacht dabei und zeigt ihre Goldzähne. Sie bringt einen Duft mit, der nur von Tante Storch kommen kann. Den rieche ich schon in der Küche und weiß, dass sie wieder da ist. Sie bringt den Duft aus Essen mit. Das ist eine große Stadt. Das merke ich, wenn Tante Storch von Essen erzählt. Ich möchte einmal mit ihr in dem blauen Opel nach Essen fahren.

Vor Weihnachten ist in der Küche was los. Dann werden Spritzgebäck und Makronen gebacken. Abends, wenn der Laden geschlossen ist. Günter und ich helfen mit. Eine schöne Arbeit ist das Spritzgebäck. Den Teig drückt man oben in eine Maschine, die meine Mutter Wurstmaschine nennt. Wenn man dreht, kommt vorne an der Maschine der Teig wieder raus, aber schön geformt. Man kann verschiedene Formen einstellen. Wir haben das Zickzackmuster am liebsten. Einer muss drehen, der andere muss vorne die Stücke Teig abnehmen, die dann Plätzchen werden. Die Stücke sollen immer gleich lang sein. Darauf achtet meine Mutter. Wenn ein Blech voll belegt ist, wird es in den Backofen geschoben. Aber wenn man nicht genau aufpasst, sind die Plätzchen schwarz. Der Herd ist eigensinnig, mal backt er ganz schnell, mal lässt er sich mehr Zeit. Einige Plätzchen kriegen noch Zuckerguss oder werden in flüssige Schokolade getaucht. Die guten dürfen wir nicht probieren, aber die gebrochenen oder irgendwie verunglückten Plätzchen schon. Die guten sind nämlich für den Weihnachtsteller. Rote Äpfel kommen noch dazu, die kriegen wir von Tandina und Nüsse von irgendeinem Bauern, den Papa gut kennt. Die Plätzchen wandern in eine große Blechdose und außer Mama weiß keiner, wo die Dose versteckt ist. Nach Weihnachten kommt die Blechdose dann und wann wieder zum Vorschein, besonders wenn wir Besuch haben.

Freitagsabends schleppen wir die große Blechbadewanne aus der Werkstatt nach vorne in die Küche. Das heiße Wasser kommt vom Herd. Wir setzen den Tisch und die Stühle beiseite. Dann haben wir Platz für die Badewanne. Papa ist der erste, dann kommt Mama an die Reihe und wenn Günter und ich dran sind, hat das Badewasser schon eine fettige Schicht. Wenn wir beide in der Badewanne sind, haben wir es nicht so eilig. Wir lassen irgendetwas schwimmen, die Seifendose oder sonst etwas, oder wir lassen Kriegsschiffe gegeneinander kämpfen. Dann kriegen wir schon mal Streit und gießen uns gegenseitig Wasser über den Kopf. Einmal hat Günter mich gebissen, in den Hintern, weil er so eine Wut auf mich hatte wegen irgendwas. Da hat es richtig geblutet. Von da ab habe ich aufgepasst und den Hintern nicht aus dem Wasser rausgucken lassen. Nach dem Baden am Freitag steht die Küche unter Wasser. Mama wischt das Wasser mit dem Aufnehmer wieder auf und wir tragen mit Eimern das Wasser aus der Badewanne und gießen sie auf dem Hof aus.

Wenn man zum Klo will und manchmal ganz nötig, muss man durch die Werkstatt zwischen Pinnmaschine und Lederwalze und an Papas Arbeitstisch vorbei. Die Leute, die vorher in unserem Haus gewohnt haben, haben sicher das Klo auch schon gehabt und die davor auch, glaube ich. Es ist ziemlich dunkel im Klo, ohne Fenster, nur ein Fenster in der Decke, das man mit einem langen Stab öffnen kann. Papa hat den ganzen Tag den Geruch von Kleber und Schuhcreme und von Leder und Gummi in der Nase. Daher riecht er wohl das Klo nicht. Ich schäme mich ein bisschen, wenn wir Besuch haben und die

Mein Vater an der Pinnmaschine in der Werkstatt
(Herkunft: Heinz van de Linde)

Leute bei uns zum Klo müssen und durch die ganze Werkstatt zum Klo laufen. Das ist bei meinen Freunden anders, bei Eugen oder Helmut oder Erwin und Walter. Auch in dem Haus, in dem Heinrich-Wilhelm wohnt. Da ist der Weg nicht so lang und es ist hell im Klo und es gibt eine Wasserspülung. Man muss nicht mit einer Wasserkanne Wasser nachkippen. Einmal im Jahr wird der Jauchekeller unter dem Klo geleert. Alles geht in ein Jauchefass, das mein Vater mit dem Jaucheschöpfer füllt. Auf der Handkarre ziehen wir beide das Fass durch die Binsheimer Straße bis zu der Wiese rechts vor dem Binsheimer Tor. Da bringen viele ihre Jauche hin. Mama sagt immer, wir brauchen ein neues Klo mit Wasserspülung und hellen Fliesen und einem Fenster, das man bequem öffnen kann.

An Mamas oder Papas Geburtstag oder wenn Kirmes oder Schützenfest ist, kommen Tandina mit Onkel Hermann und Tantrautchen mit Onkel Wilhelm zu Besuch. Dann geht es die Treppe hoch und in das kleine Wohnzimmer oben. Wir haben nämlich unser Wohnzimmer unten zum Laden dazugetan. Da stehen jetzt Regale mit Schuhkartons und das Regal mit den reparierten Schuhen. Vom Wohnzimmerfenster oben kann man in Imgrunds Hof gucken auf den Berg von alten Papierrollen, von denen Herr Imgrund die Fotos gemacht hat. Man kann auch auf das Hinterhaus von Drüen gucken, wo man manchmal die alte Frau Diebels sieht, die bei Drüens zur Miete wohnt und die immer zwei Eimer mit Kohlen schleppt. Sie spricht dann oft mit sich selbst. Aber das kann man nicht verstehen, auch wenn das Fenster offen steht. Tandina bringt zu Papas Geburtstag immer Maiglöckchen mit und ein Stück von dem Schinken, der bei ihr zu Hause über dem Küchentisch hängt. Manchmal auch noch zwei Salatköpfe für Mama. Für Tandina muss Likör im Haus sein. Danziger Goldwasser trinkt sie am liebsten, sagt Mama, den trinkt Tantrautchen auch, aber lieber Kirsch mit Rum. Das süße Zeug ist für Männer nix, sagt Papa, wir trinken lieber einen Korn. Onkel Hermann trinkt den Korn meistens mit einem Stückchen Zucker. Und dann hat er wieder sein Sodbrennen. Siehsse, sagt Papa, das süße Zeug iss nix für dich. Russisch Ei ist Mamas Spezialität. Das sieht auch so schön bunt auf dem Teller aus. Kartoffelsalat und ein bisschen Heringssalat und Fleischsalat und halbe gekochte Eier oben drauf mit Majonäse aus der Tube und Lachsstreifen und Gürkchen und ganz sparsam ein bisschen Kaviar auf den Eiern, weil der so teuer ist, sagt Mama. Wegen der Majonäse meckert Tandina immer, nicht laut, aber gemurmelt. Ich höre das trotzdem. Sie meint, es geht nichts über ihre selbst gemachte Majonäse. Wer nach dem russischen Ei immer noch Hunger hat, kann noch halbe Brötchen nehmen mit Käse oder Mett mit viel Pfeffer und Zwiebeln. Günter und ich holen immer die Flaschen Bier aus dem Keller und bringen die leeren runter. Wenn Günter und ich im Bett liegen, hören wir manchmal, wie sie alle singen, und die helle Stimme von Tantrautchen hört man am besten. Die singt ja auch in einem Gesangverein. Manchmal hören wir auch Onkel Hermann kichern. Das macht er, wenn er ein paar Körnchen getrunken hat. Die einzige, die schon mal dabei einschläft, ist Tandina. Wenn Onkel Wilhelm ein paar Korn getrunken hat, sagt er ganz oft seggma. Das heißt, sagen wir mal. Manchmal hört man nur seggma. Onkel Wilhelm will meistens nicht nach Hause. Tantrautchen spricht dann richtig laut mit ihm. Bis er dann endlich aufsteht. All das weiß ich nur von Mama. Das erzählt sie uns morgens und sagt, das war wieder eine kurze Nacht.

Sonntage sind anders

Wenn Mama sonntags zur Kirche geht, muss Papa auf die Suppe aufpassen. Die kocht nämlich stundenlang. Das tut er nicht gerne. Sobald Mama zurück ist, setzt er sich den Hut auf und steckt eine Zigarre an. Das ist fast jeden Sonntag so. Die Zigarre riecht man überall im ganzen Haus. Der Duft von Suppe und Zigarre ist Sonntag. Mit der Zigarre geht Papa dann aus dem Haus. Papa macht Frühschoppen, sagt Mama, und Willi Raiers auch. Die beiden müssen sich wohl viel zu erzählen haben. Sonntags gibt es Ochsenschwanzsuppe und als Nachtisch Vanillepudding mit gehackten Mandeln. Die Puddingschalen stehen immer am offenen Fenster in der Küche, damit der Pudding eine Haut kriegt. Die schmeckt am besten. Ochsenschwanzsuppe und Vanillepudding gibt es immer sonntags. Kartoffeln auch, aber bei Gemüse und Fleisch wechselt Mama immer ab. Wenn Mama und Papa abends zum Alten Fährhaus gehen, legen Liesefelds schon mal eine Schallplatte auf. Dann wird auch getanzt. Selbst Hermann Joosten, der mit dem steifen Bein, probiert es. Ich weiß das, weil Günter und ich dann und wann schon mal mitdürfen, aber mit Mama früher nach Hause gehen. Mein Vater sagt immer, ich bin ein Nachtmensch, ich bin ein Opfer von Gesellschaft. Herr Liesefeld ist Deichgräf. Das macht er aber nicht immer. Er läuft den Rheindeich entlang und wieder zurück. Als wir mal mit Lehrer Simon unterwegs waren auf dem Deich, haben wir Herrn Liesefeld getroffen. Einer aus unserer Klasse sagte Herr Graf zu ihm. Da musste er fürchterlich lachen und sagte, ich habe keine Krone und auch kein Schloss zu Hause. Und dann erzählte er uns, dass er den Deich beobachten muss und gucken, ob Löcher oder undichte Stellen im Deich sind. Man muss immer an das nächste Hochwasser denken, sagte er. Eigentlich ist das, was Deichgräf Liesefeld macht, eine schöne Arbeit. Vom Deich kann er auf alles runtergucken, auf der einen Seite auf den Rhein und die Schiffe, auf der anderen Seite auf die Wiesen, die Kühe und die Bauernhöfe, und manchmal trifft er auch Leute. Er hat über den Deich zu sagen und da kann ihm keiner dreinreden.

Des Deichgräfs Blick auf Kühe und Rhein
(Herkunft: Heinrich Bongert)

Sonntage sind anders. Da schlafen wir alle etwas länger. Und um elf Uhr nach der großen Kirche ist Kindergottesdienst. Nach dem Frühstück sitzt Mama doch schon wieder an der doppelten Buchführung mit den blauen und roten Spalten. Der Kindergottesdienst dauert so eine halbe Stunde. Das macht Pastor Verleger nicht allein. Er hat sechs oder sieben, die ihm dabei helfen. Die wissen, glaube ich, in der Bibel ganz schön Bescheid. Sofort nach dem Kindergottesdienst stürmen wir aus der Kirche und rennen zur Bude von Heini Seemann, der die Wundertüten verkauft und immer so geheimnisvoll tut, aber genau weiß, was in den Wundertüten steckt. Die hat er ja selber gepackt. Wir sind hinter den Cowboy- und Indianerfiguren her. Wenn man doppelte hat, kann man tauschen. Manchmal bleibt noch Taschengeld übrig. Das reicht für zwei Bällchen Eis bei Münster auf der Kuhstraße.

Münsters haben eine Konditorei und ein Café und sonntags vor ihrer Haustür einen Eisstand. Dahinter steht meistens Helmut, der in die gleiche Klasse geht und auch Herrn Simon als Lehrer hat. Früher gab es immer nur Vanille- und Schokoladeneis, jetzt gibt es drei Sorten. Das Erdbeereis ist neu. Erdbeeren haben die Münsters selbst in ihrem Garten in der Seilerbahn. Ich durfte schon mal mit in den Garten und Erdbeeren pflücken, so viele, wie ich wollte. Die Münsters brauchen für ihre Konditorei riesig viel Obst. Das muss geschält werden, in Stücke geschnitten, entsteint oder entkernt werden. Die roten Johannisbeeren werden gesträppt. Das kann man am besten mit einer Gabel machen. Das mit dem Obst macht Anna Speelmans auf dem Hof draußen neben der Backstube. Aber nur, wenn das Wetter schön ist. Hände und Arme sind dann immer ganz rot von dem Saft und Anna Speelmans sagt, Adam Bongert kann nicht schlimmer aussehen in seinem Schlachthaus. Manchmal muss Helmut auch mit seinem Eiswagen zu Pferderennen oder zu einer Kirmes oder zu einem Schützenfest. Bei Münsters müssen alle mitarbeiten. Helmut hat eine Tante. Das ist Tantütta. Die macht ganz etwas anderes. Die hat ein Hutgeschäft bei uns in der Stadt. Sie macht auch Hüte auf Bestellung und manchmal ganz verrückte, die Mama nicht aufsetzen würde. Manchmal zeigt sie uns solche verrückten Hüte und setzt sie auf und dreht sich und trippelt vor uns her. Emma Peters hat ihr Zigarrengeschäft neben Tantütta und kommt oft dazu und setzt auch Hüte auf und spricht wie die Frauen in der Kinoreklame in Fischers Filmtheater. Das ist wie eine Kinovorstellung.

Sonntags und an anderen besonderen Tagen, auch Heiligabend, wenn Papa Zigarren raucht, sagt er oft, keiner bewegt sich, und bläst Rauchringe in die Luft. Manchmal, wenn er Glück hat, geht ein Ring in den anderen hinein. Das ist ein echtes Kunststück. Das wäre etwas für den Zirkus bei Bongert hinten auf dem Hof. Papa hat eine silberne Dose für die Zigarren. Ein Gummiband in der Dose hält die Zigarren fest. Vorne und hinten an der Zigarre wird mit einem kleinen Knipsapparat etwas von der Zigarre abgeschnitten. Dann zieht sie besser, sagt Papa. Früher, sagt Papa, sind in der Stadt so sechs oder sieben Zigarrenfabriken gewesen und viele aus der Stadt haben da ihr Geld verdient. Aber das ist jetzt vorbei. Mein Vater sagt, die Zigarrenmacher haben immer viel Durst gehabt und sind oft in die Wirtschaft gegangen. Und manche haben kein Geld gehabt und mit Knöpfen in der Hosentasche geklappert und so getan, als ob sie Geld hätten. Als einmal an der evangelischen Schule Artisten waren, die über ein Seil hoch oben liefen, waren wir mit Mama da und guckten zu. Plötzlich rief ein Mann, Jong komm haronder. Da sagte Mama, das ist Klöös Holtwick, der war Zigarrenmacher früher, der spricht nur Platt. Im Laden bei uns sprechen viele Leute Platt. Mama und Papa sprechen miteinander auch meistens Platt, mit uns nicht. Das ist besser für die Schule, sagt Mama. Mama kann zwei Sorten Platt, einmal das aus unserer Stadt und das aus dem Dorf, wo sie geboren ist und wo Opa seinen Laden hat.

Mama backt zu Neujahr immer Bullebäuskes. Darauf freuen wir uns alle schon. Bullebäuskes sind Teigkugeln, die in heißem Fett gebacken werden. Aber die sind nicht genau rund und glatt. Die haben manchmal solche Fühler und Beine. Jedes Bullebäusken ist anders. Ich breche immer zuerst die Fühler oder Beine ab. Die sind am knusprigsten. Das riecht so süßwarm, wenn die Bullebäuskes gebacken werden. Wenn sie gebacken sind, werden sie in Zucker gewälzt. Iss nicht so viele davon, sagt Mama, die liegen schwer im Magen. Aber das ist mir egal. Bullebäuskes kann man so zwischendurch essen. Alle mögen Mamas Bullebäuskes und Tandina und Onkel Hermann sind richtig scharf darauf. Aber dann fängt das mit Onkel Hermanns Sodbrennen wieder an. Und dann braucht er Natron. Dann kommt das Aufstoßen und danach will er meistens einen Korn haben. Am Neujahrstag geht Papa immer zum Frühschoppen, zu Fischer im Rheingarten. Dort gibt es dann Aufgesetzten, das ist Schnaps mit schwarzen Johannisbeeren. Das sind die Neujährchen, für die man nichts bezahlen muss. Die sind umsonst. Wir sitzen beim Mittagessen und haben die Suppe schon hinter uns, wenn mein Vater endlich nach Hause kommt. Dann lacht er und hat viel zu erzählen und bestellt Grüße von Leuten, die er getroffen hat. Nach dem Essen wird er richtig müde und legt sich hin. Abends gibt es das kalte Fleisch, das vom Mittagessen übrig geblieben ist. Die Soße ist dann wie Gelee. Dazu isst man eingelegte Gurken und Zwiebeln und Brot. Dann gehen Papa und Mama zu Lieselfelds ins Alte Fährhaus, wo alle um den runden Tisch herum sitzen und Mama Bananenlikör trinkt. Wenn sie nach Hause kommen, ist es kurz vor zwölf. Kurze Zeit später hört man Schnarchen und dann ist Ruhe. Um fünf Uhr ist wieder Tag, sagt Mama immer.

Ich kenne fast alle Leute

Wir gehen zu Doktor Krehwinkel. Mama kennt den Doktor Krehwinkel schon ziemlich lange. Der hat schon mit seinem Auto Oma Eins besucht, als sie krank war, aber trotz Doktor Krehwinkel ist sie gestorben. Mama sagt, Doktor Krehwinkel hat drei schwarze Krähen verscheucht, die bei Oma Eins auf dem Zaun saßen, als sie kurz vor dem Sterben war. Doch das hat alles nichts genützt. Doktor Krehwinkel guckt einen über seine Brille ganz scharf an und schon weiß er, was nicht in Ordnung ist. Dann schreibt er ein Rezept aus und man muss damit zu Apotheker Thüssing, der einen auch immer so über die Brille anguckt. Aber Doktor Krehwinkel macht wenigstens manchmal Witze und kann lustig sein. Doktor Krehwinkel operiert auch die Leute in beiden Krankenhäusern, im evangelischen und im katholischen, wo die Nonnen sind, für die Papa die Schuhe repariert. Die Nonnenschwestern verschleißen ihre Schuhe ziemlich, sagt Papa. Die rennen ja auch von morgens bis abends. Nonnen kriegen neue Namen, wenn sie Nonnen werden, meist viel schönere, als sie vorher hatten. Die Schuhreparaturen für die Nonnenschwestern werden in einem kleinen Heft aufgeschrieben und am Ende des Monats wird abgerechnet. Manche Namen sehe ich immer wieder. Das sind wohl die, die die meisten Schuhe verschleißen. Reginaldis und Willibrorda sind das, glaube ich. Als wir noch bei Hagen zwischen den spanischen Wänden wohnten, waren die Nonnen auch schon Papas Kunden. Aber da war das Geld nichts wert, sagt Papa, und deshalb haben die Nonnen uns Papier gegeben, dicke Packen von Aufnahmezetteln. Dafür konnte mein Vater dann Leder kriegen, oder die Nonnen brachten einen halben Sack Roggen oder zu Weihnachten bunte Figuren aus Zucker, Maria mit dem Jesuskind oder das Jesuskind in der Krippe oder Ochs mit Esel und so was. Die Nonnen haben ja im katholischen Krankenhaus eine riesige Küche für sich und die Patienten und hinterm Krankenhaus einen großen Garten mit Salat, Möhren und Kohlrabi. Für den Garten gibt es eine Gartenschwester und für die Küche eine Küchenschwester. Es gibt auch eine Operationsschwester und eine Verwaltungsschwester. Die macht sicher wie Mama die doppelte Buchführung mit roten und blauen Spalten. Da fehlen sicher auch mal drei Pfennig oder sie hat einen zu viel.

In der Mühlenstraße wohnen Erwin, Walter und Heinrich-Wilhelm. Alle drei gehen in die gleiche Klasse wie ich und Herr Simon ist unser Lehrer. Wenn ich Freunde in der Mühlenstraße besuche, komme ich immer bei Schmied Oelinger vorbei. Der ist ziemlich ruhig und spricht nicht viel. Den sieht man nur bei der Arbeit. Der kommt auch nicht abends bei Imgrunds vorbei, wenn die alle draußen sitzen und Nabend sagen. Schmied Oelinger ist immer in seiner Schmiede und macht alles alleine. Der ist gerne alleine, glaube ich. Wenn mein Vater in der Wirtschaft Leute getroffen hat, ist Schmied Oelinger nie dabei gewesen. Ich gehe einfach in seine Schmiede und gucke zu. Manchmal sind auch die drei aus der Mühlenstraße dabei. Mit einem Blasebalg bringt Schmied Oelinger das Feuer richtig in Schwung und im Nu ist ein Stück Eisen rot und später weiß glühend. Dann schlägt er mit seinem Hammer drauf und kann das Stück Eisen formen, wie er will. Wenn er ein Stück Eisen fertig hat und im Wasser abkühlt, zischt das so schön. Von allen Werkstätten ist eine Schmiede am spannendsten. Wenn ein Pferd Hufeisen kriegt, wird es in ein Holzgestell geführt und kann dann nicht mehr weg. Schmied Oelinger macht die Hufeisen fertig mit Löchern drin. Dann nimmt er Nägel und macht sie im Feuer glühend. Die Nägel steckt er durch die Hufeisenlöcher in das Horn des Pferdehufs. Dann qualmt und stinkt es schlimm. Das ist noch schlimmer als der Stinkkäse in der Schule, den manche auf ihrem Butterbrot haben. Dem Pferd macht das nichts aus. Das ist ganz ruhig dabei. Schmied Oelinger sagt, die Nägel stecken nur im Horn und da hat das Pferd kein Gefühl und merkt nichts. Schmied Oelinger kann auch so schöne Gartentore machen mit Verzierungen, alles aus Eisen. Die stehen in seinem Hof, wenn er sie fertig hat. Dann merkt man, dass er ganz stolz darauf ist. Ich kann mir nicht vorstellen, wie Schmied Oelinger in einem schwarzen Anzug aussieht, so bei einer Beerdigung. Das passt nicht zu ihm. Den kann man sich nur in seinem blauen Arbeitsanzug vorstellen und mit schwarzen Flecken an den Händen und im Gesicht.

Ich weiß nicht, was der macht und wo er arbeitet, aber ich sehe ihn oft. Er wohnt nicht weit von uns auf der Binsheimer Straße. Er sagt, mein Name Angeli heißt eigentlich Engel. Aber Engel stelle ich mir anders vor. Jedenfalls die aus dem Kindergottesdienst, die sind ganz fromm mit weißen Kleidern, die schweben weit über uns. Aldo Angeli tut etwas, was die Engel, glaube ich, nicht tun würden. Er fängt Hasen und Kaninchen, aber ohne Gewehr. Einmal hat er mich mitgenommen in Bongerts Wiese am Rhein. Da sind viele Kaninchen, sagte er, ich zeig dir mal, wie man die fangen kann. Er hatte Draht bei sich, den hat er gebogen wie eine Spirale. Dann hat er den Draht in einen Kaninchenbau reingedreht, bis es nicht mehr weiterging. Als er dann den Draht rausgezogen hat, saß das Kaninchen in dem Draht fest. An den Ohren hat er das Kaninchen gepackt und dann mit der anderen Hand, so mit der Handkante, dem Kaninchen in den Nacken geschlagen. Jetzt ist es tot, jetzt ist das Genick gebrochen, sagte Aldo Angeli. Ich glaube, Italiener essen gerne Hasen und Kaninchen. Sonntags gibt es wohl bei Angelis immer gebratenes Kaninchen. Er hat mir auch gesagt, wie Kaninchen auf Italienisch heißt, irgendwas mit o am Ende. Papa sagt, wir sind international hier bei uns in der Stadt. Guck dir die de la Hayes an. Das sind Franzosen. Die de la Hayes haben eine Schnapsfabrik und der Chef heißt Peter de la Haye. Er trägt eine Brille ohne Rand, man sieht nur die Gläser. Ich glaube, daran kann man die Franzosen erkennen. Vom Schnaps allein können die de la Hayes nicht leben. Deswegen hat Frau de la Haye eine Leihbücherei und verkauft gleichzeitig den Schnaps von ihrem Mann. Der Vater von meinem Freund Heinrich-Wilhelm, der in der Schule vor mir sitzt, sagt, die de la Hayes haben angefangen mit einem Trompeter, der in dem Haus gewohnt hat, wo Heini Seemann jetzt seine Trinkhalle hat. Das ist schon lange her. Der erste de la Haye, der Trompeter, ist mit Napoleon hierhin gekommen, sagt Heinrich-Wilhelms Vater. Der Trompeter musste morgens ziemlich früh aufstehen und die Soldaten mit seiner Trompete wecken. Das war, als es noch keine Wecker gab. Er konnte aber die Trompete nicht mehr blasen, als er älter war. Dann hat er geheiratet und mit dem Schnapsmachen angefangen. Holländer gibt es einige bei uns. Das hat etwas mit den Rheinschiffen zu tun, die sind hier hängen geblieben, sagt Willi Raiers, der Freund von meinem Vater, er kennt sich da aus.

Heinz Imgrund ist auch Drogist wie sein Vater. Er trägt auch einen weißen Kittel und spricht auch so ähnlich wie sein Vater. Sonntags holt er seine NSU Fox aus der Garage und fährt damit durch die Gegend. Manfred Ewalds und noch ein paar andere fahren auch Motorrad, alle NSU Fox. Es gibt einen Foxklub. Die Motorradfahrer im Foxklub treffen sich in der Wirtschaft der alten Frau Sistig auf der Egerstraße. Dann wird wohl viel Bier getrunken. Wenn die da sind, ist es immer laut. Das hört man bis zu uns, obwohl fünf Häuser dazwischen liegen. Eine NSU Fox möchte ich auch mal fahren oder bei Heinz Imgrund hinten auf dem Motorrad mitfahren. Aber das hat er mir noch nie angeboten. Manfred Ewalds ist aus dem Blumenladen von Ewalds' auf der Rheinstraße. Wenn ich da eine Topfblume kaufen muss, fragt Frau Ewalds immer, mit Manschette, welche Farbe? Dann sage ich immer, rot bitte. Aber das Schönste ist die kleine Maschine, die sie in ihrem Laden hat. Die kann Krepppapier kräuseln. Das Krepppapier kommt gekräuselt aus der Maschine raus. Das klappt wunderbar. Frau Ewalds wickelt das gekräuselte Krepppapier um den Blumentopf und schon sieht eine Topfblume ganz anders aus. Wenn Konfirmation oder Kommunion bei uns in der Stadt ist, muss ich viele Topfblumen abgeben, bei all den Leuten, die bei uns schwarze Schuhe zur Konfirmation oder Kommunion gekauft haben. Die transportieren wir alle in Papas Lloyd Kombi.

Das Jägerheim, der Foxklub-Treff (Herkunft: Anni Imgrund)

Wenn um elf Uhr die Kirchenglocken läuten, dann ist jemand in der Stadt gestorben. Wen haben sie denn wohl gerade überläutet, fragt dann jeder. Und irgendeiner weiß es immer. Alle wollen wissen, woran jemand gestorben ist. Die Leute fragen so lange herum, bis sie es von jemandem wissen. Eher geben sie keine Ruhe. Manchmal, wenn in der Egerstraße jemand gestorben ist, kommen Frauen in unseren Laden und sagen den Tod an und sagen auch, wann die Beerdigung ist und wo die Nachfeier ist und wann. Meistens ist dann meine Mutter im Laden und sie antwortet dann unser herzliches Beileid. Dann gehen die Frauen ins nächste Haus und sagen dort das Gleiche und jemand sagt dort als Antwort herzliches Beileid. Später kommt dann noch mal jemand, der Geld für einen Kranz sammelt. Auf der Kranzschleife steht: Deine lieben Nachbarn. Wer katholisch ist, kommt als Toter in die katholische Leichenhalle am katholischen Krankenhaus, die toten Evangelischen kommen in die evangelische Leichenhalle am evangelischen Krankenhaus. In die evangelische Leichenhalle kann man ganz gut von außen durch ein Fenster reingucken, durch das grüne Glas. Das Glas ist ein bisschen rubbelig, aber man kann den offenen Sarg sehen und die Leiche darin. Es ist ein bisschen schaurig-unheimlich, wenn man durch das Fenster in die Leichenhalle guckt. Wir machen das immer nur zu mehreren. Alleine hätte ich Schiss. Der evangelische Pastor hat uns schon mal weggejagt und gesagt, schämt ihr euch nicht, die Toten lässt man in Frieden. Wir tun denen doch nichts. Die meisten kennen wir doch, die hätten bestimmt nichts dagegen. Jetzt, wo sie tot sind, sehen viele viel schöner aus. Vielleicht macht das auch das grüne Glas. Die Verwandten haben einen Schlüssel für die Leichenhallentür. Den kriegen sie von Karl Schumann. Die brauchen nicht durch das grüne Glas zu gucken. Karl Schumann kennt bei uns jeder. Der ist ziemlich klein und dünn, aber er hat zwei große Pferde, ein schwarzes und ein braunes. Bei einer Beerdigung ziehen die zwei Pferde den schwarzen Leichenwagen. Schade, dass nicht beide Pferde schwarz sind. Das würde besser zu dem Leichenwagen passen.

Bei einer Beerdigung kennt man Karl Schumann nicht wieder. Dann hat er einen großen schwarzen Zylinder auf dem Kopf und sitzt hoch oben auf seinem Leichenwagen.

Das evangelische Krankenhaus und die Leichenhalle mit den grünen Fensterscheiben (Herkunft: Heinrich Bongert)

Da oben fühlt er sich wohler als unten, glaube ich. In die Glasfenster am Leichenwagen sind Palmenzweige mit einer Schleife ins Glas eingeritzt. Der Sarg steht wie in einem Schaufenster. Der Weg von der evangelischen Leichenhalle zum evangelischen Friedhof ist weiter als für die katholischen Leichen. Von der evangelischen Leichenhalle geht es über die Binsheimer Straße, dann die Kuhstraße, am Kuhteich vorbei über den Wall zum Friedhof. Die meisten in der Stadt haben dann Karl Schumann mit dem Leichenwagen gesehen, auch die Leute, die dahinter gehen. Wenn man einen Hut oder eine Mütze trägt, nimmt man die ab, wenn der Leichenwagen vorbeifährt. Nach der Beerdigung kommt die Nachfeier. So heißt das bei uns. Wenn Papa mit dem Zylinder zur Beerdigung und anschließend zur Nachfeier geht, kommt er oft erst spät in der Nacht davon zurück. Wir sind dann schon längst im Bett.

Bei Hausers auf der Rheinstraße kann man Milch, Butter und Käse kaufen. Die holt Herr Hauser jeden Morgen bei der Molkerei. Die Milch kommt in Kannen von der Molkerei, die vorne im Laden in einen Tank gekippt werden. Was die Leute an Milch haben wollen, wird aus dem Tank abgezapft. Die Milchkannen werden jeden Tag hinten heiß ausgewaschen und gespült. Dabei helfe ich schon mal. Manchmal esse ich auch bei Hausers zu Mittag. Da gibt es immer viel Fleisch zu essen. Franz Hauser, der Chef, klopft mit einer Gabel an den Tellerrand, wenn gebetet werden soll. Er nimmt sich als Erster von dem Fleisch. Kartoffeln und Gemüse sind, glaube ich, nicht so wichtig für ihn. Franz Hauser fährt die Milch auch in die Dörfer. Wenn die Leute Franz Hausers Schelle hören, kommen sie mit ihrer Milchkanne aus dem Haus, meistens weiß mit einem blauen Rand. Hausers Schelle kann man sehr gut von der Lumpenhändlerschelle unterscheiden. Hausers Schelle ist noch lauter. Frau Hauser hat eine besondere Angewohnheit.

Sie sagt immer furrechbar. Alles ist bei ihr furrechbar, der Regen ist furrechbar, die Hundekacke auf dem Bürgersteig ist furrechbar, dass die Leute mit großen Geldscheinen bezahlen wollen, ist furrechbar, alles ist furrechbar. Sonntagsmittags ist Hausers Laden auch geöffnet, aber nur für Schlagsahne. Wir kaufen sie immer für Kirsch- oder Stachelbeertorte. Hausers Sahne ist herrlich, richtig dick und steif und fett und fest. Die wird ja auch elektrisch geschlagen in einem großen offenen Blechtopf. Auf den sind die Hausers richtig stolz.

In Opas Laden gibt es alles

Opas Laden ist auf halber Strecke zwischen Onkel Wilhelm und Onkel Hermann. Früher hat er den kleinen Bauernhof gehabt, den dann Onkel Hermann gekriegt hat. Er hat auch Milch bei den Bauern aufgeladen und zur Molkerei gefahren, die Franz Hauser dann wieder abholt. Mama sagt, wir hatten auch ein Backhaus, in dem wurde samstags immer Brot gebacken, ganz lange Weißbrote, manche mit Rosinen. Und die Nachbarn haben in dem Backhaus auch ihr Brot gebacken. Jetzt hat Opa seinen Laden in einer Baracke, weil das Haus, das vorher dort stand, im Krieg zerstört worden ist. Vorne ist der Laden, wo man fast alles kaufen kann, dahinter kommen noch drei Zimmer. Es riecht da immer so ein bisschen nach Teer, so, wie wenn Dachdecker Rothgang bei uns das Werkstattdach einschmiert und dann die Teerpappe auflegt. Aber im Laden riecht es nach allem Möglichen und nach allem durcheinander, nach Himbeerbonbons, ein bisschen nach Hering, auch nach Tabak und nach den Holzschuhen, die direkt an der Eingangstür aufgestapelt sind. Auf der Theke steht in der Mitte eine Waage, die ganz genau anzeigt. Wir legen schon mal heimlich Sachen drauf, die Opa nie wiegt, einen Holzschuh, ein Stück Seife, einen Packen schwarze Schnürriemen oder die eigene Hand.

Zu Tantrautchen und Onkel Wilhelm ist es nicht so weit. Wenn man die Schlus hinter sich hat, ist man schon fast da. Die Schlus ist die alte Schleuse des Lohbachs, hat Papa mir erzählt. Das ist es immer ein bisschen unheimlich. Wenn ich bei Bauer Krützberg mit dem Fahrrad einmal die Woche Milch holen muss in den zwei grünen Flaschen, dann habe ich immer so ein bisschen Schiss an der Schlus. Aber dann bin ich ja auch allein. In der Wiese und an dem alten Bunker bei Tantrauchens Haus kann man wunderbar spielen. Mein Vetter Peter und seine acht Schwestern kennen sich da gut aus. Schön ist es im Winter, wenn bei Tantrautchen und Onkel Wilhelm ein Schwein geschlachtet wird. Das Schwein hat man ja gut gekannt. Und auf einmal hängt es aufgeschnitten an einer Leiter. Das muss auskühlen, sagt Onkel Wilhelm, seggma, da muss frische Luft dran, seggma. Onkel Wilhelm kommt ohne seggma nicht aus. Onkel Wilhelm kommt so einmal die Woche mit seinem Fahrrad zu uns in die Stadt. Dann muss er wohl an die frische Luft, genauso wie das Schwein. Nicht immer klingelt er bei uns, aber sein Fahrrad stellt er immer in dem Gang neben unserem Haus ab. Wenn er das Fahrrad an unsere Hauswand lehnt, können wir drinnen so ein kratzendes Geräusch hören. Dann wissen wir, dass Onkel Wilhelm wieder in der Stadt ist und dass er wahrscheinlich schräg gegenüber bei Leo Bier trinkt und einen oder zwei Schnäpse. Wir hören kein Geräusch, wenn er sein Fahrrad wieder abholt. Zu Tante Dina, also Tandina, und Onkel Hermann ist es doppelt so weit. Den Weg machen wir nicht immer zu Fuß. Manchmal mit dem rotweißen Lloyd Kombi. Da ist Mama geboren und ihre Mutter ist schon früh gestorben. Im gleichen Jahr noch zwei von ihren Brüdern. Tandina und Onkel Hermann haben zwei Kühe, doppelt so viele Schweine und Hühner und Enten sowieso.

Zu Weihnachten bringt uns Onkel Hermann immer eine Ente. Dann hat er Zeit bei uns und Papa und er trinken Korn. Mama ist seine Schwester und kennt Onkel Hermann genau. Sie macht ihm dann Butterbrote, Schwarzbrot und Weißbrot aufgeklappt, das isst er gern. Aber dann kriegt er wieder sein Sodbrennen und fragt nach Natron. Nach dem Aufstoßen geht es ihm besser. Dann trinkt er meistens noch einen Korn hinterher. Onkel Hermann hat viel Zeit, weil Tandina den ganzen

Morgen auf dem Markt steht, zweimal die Woche jedenfalls. Hauptsächlich mit Maiglöckchen. Der ganze Garten ist voller Maiglöckchen. Aber sie verkauft auch andere Blumen und im Herbst Pflaumen. In Tandinas Küche hängt über dem Tisch ein dicker Schinken, eingepackt in einen weißen Sack, damit die Fliegen nicht dran können, sagt Tandina. Wenn man bei denen am Küchentisch sitzt, hat man den Schinkenduft immer in der Nase. Neben dem Schinken hängt ein Fliegenfänger, ein langer klebriger Streifen, an dem bleiben die Fliegen hängen und verhungern und verdursten. Der Fliegenfänger ist von den vielen Fliegen ganz schwarz. Tandina stört der Fliegenfänger nicht. Sie isst gemütlich ihre Suppe unter dem Fliegenfänger.

Opas zweite Frau, Mamas Stiefmutter, ist nicht so wie Opa. Von Opa können wir fast alles haben, was es im Laden gibt. Nicht nur Himbeerbonbons, auch Brausepulver oder Veilchenpastillen oder Salmiakpastillen aus großen Gläsern. Die Salmiakpastillen kann man zu einem Stern auf der Hand zusammenlegen. Vorher muss man sie mit der Zunge etwas belecken. Aber Oma Zwei gibt uns höchstens von einer Sorte etwas und dann ist Schluss. Jetzt ist sie ziemlich krank und im Krankenhaus. Sie will nicht mehr richtig essen. Das ist kein gutes Zeichen, sagt Mama. Tantrautchen war bei ihr im Krankenhaus, ist aber nur kurz geblieben. Tantrautchen hat zu Mama gesagt, Oma Zwei hätte zu ihr gesagt, Besuch ist für mich ein großer Ballast, lasst die Kinder besser nicht kommen. Das Wort Ballast finde ich komisch. Das habe ich vorher noch nie gehört. Obwohl wir Kinder nicht gekommen sind, ist Oma Zwei trotzdem gestorben. Und Opa hat zum zweiten Mal seine Frau verloren. Es war auch etwas Gutes dabei. Jetzt braucht er nicht mehr viele Tage hintereinander Stielmus zu essen. Das mag er nämlich nicht, ich auch nicht. Das riecht so ähnlich wie Bohnen. Oma Zwei hat immer Stielmus für mehrere Tage gekocht. Opa hat nach der Beerdigung nicht viel gesprochen und sich nur um seinen Lebensmittelladen und die Kirche gekümmert. Aber er konnte es schlecht allein in seiner Holzbaracke aushalten. Anna ist jetzt bei ihm, sagte Mama eines Tages. Und Johann, Annas Mann, ist mit eingezogen in Opas Holzbaracke. Das sind Verwandte von Oma Zwei. Es ist etwas eng für alle drei, denn eine Holzbaracke hat ja nur eine Etage. Wir müssen mal ausprobieren, wie das bei Anna mit Himbeerbonbons und Salmiakpastillen ist. Aber ich glaube, die ist so ähnlich wie Oma Zwei.

Die Verwandten von Papa wohnen alle in Dinslaken oder Walsum. Dazwischen ist der Rhein. Bei Oma und Opa Dinslaken waren Mama und wir beide, Günter und ich, im Krieg. Neben Opa Dinslakens Haus war ein Bunker. Bei uns zu Hause war es zu unsicher, sagt Mama. Deshalb waren wir in Dinslaken. Günter und ich waren beide noch ziemlich klein, aber ich kann mich noch erinnern, dass es Maisbrot zu essen gab, das war so kletschig und klebte oben am Gaumen fest. Und Opa Dinslaken hatte Spaß daran Ratten zu fangen. Da hatte er einen besonderen Trick. Er fing eine Ratte und hängte sie mit einer Kordel am Schwanz an der Decke im Schuppen auf. Dann zündete er die Ratte an und man konnte die Ratte schreien hören. Das mache ich ein paar Mal im Jahr, dann bleiben die Ratten weg, sagte er. Wie Opa Dinslaken nur auf eine solche Idee gekommen ist. Aber Opa Dinslaken hat wohl schon alles Mögliche gemacht. Papa sagt, Opa hatte früher einen Viehhandel mit Ziegen, Schafen und Kaninchen. Aber er hat auch mal Besen verkauft, die aus Reisig gemacht werden. Die Besen hat er auf einer großen Schubkarre von der Bönninghardt geholt. Da ist er über Nacht geblieben und dann am nächsten Tag mit der Schubkarre hoch voll mit Besen nach Dinslaken zurück, bei uns über die Fähre. Opa Dinslaken hustet immer und kriegt schlecht Luft. Deshalb hat er auch eine Pumpe mit einem Ball. Damit pumpt er sich irgendwas in die Lunge. Ich kenne ihn gar nicht ohne die Pumpe.

Oma Dinslaken (re) mit meiner Mutter in Dinslaken während der Kriegszeit (Herkunft: Heinz van de Linde)

Er hat immer Angst, dass meinem Vater mit seinem Lloyd Kombi etwas passiert. Vielleicht macht das seine Brust so eng. Oma Dinslaken ist klein und rund, und ihr Kleid geht runter bis auf die Schuhe, die man fast gar nicht sieht. Einmal wollte Oma Dinslaken uns besuchen. Das war an Papas Geburtstag, am ersten Mai. Mama hatte schon Kuchen gebacken und weißen Flieder in eine Vase gestellt. Aber Oma Dinslaken kam und kam nicht. Später am Abend haben wir dann gehört, dass Oma Dinslaken mit meiner Cousine Toni den Weg zu uns über die Fähre zu Fuß gehen wollte und zwischen Dinslaken und Walsum an einem Strauch an der Straße einfach umgefallen ist und tot war. Opa Dinslaken hat sie im Sarg fotografieren lassen und allen Verwandten ein Foto geschenkt.

Noch ein ganzes Stück hinter Dinslaken wohnt Papas Onkel Florentin. Papa sagt immer Ohmflorentin. Der sieht aus wie ein Lehrer, er trägt immer ein weißes Hemd mit Schlips und hat einen Anzug an. Er ist kein Lehrer, aber Buchhalter in Oberhausen oder sogar Oberbuchhalter. Er und seine Frau haben keine Kinder, aber viele Hühner. Onkel Florentin hat die Hühner richtig dressiert. Er hält ein Stöckchen hoch und schon kommen alle Hühner angelaufen und bleiben vor ihm stehen. Dann hält er das Stöckchen nach links und die Hühner laufen auch nach links, und rechts genauso. Als wir einmal zum Kaffeetrinken bei Onkel Florentin waren, hat er sich mit uns einen Spaß erlaubt. Er hat uns Kaffeetassen hingestellt, die ganz komisch waren. Da, wo man trinkt, war ein Stück Porzellan mit einem Loch drin. Onkel Florentin lachte und sagte, das ist eine Barttasse. Da kommt der Bart nicht mit dem Kaffee in Berührung. Als wir noch bei Hagens zwischen den spanischen Wänden wohnten, kam Onkel Florentin öfter zu uns. Das war immer nachts, wenn wir schon im Bett waren. Er stellte sein

Fahrrad draußen vor der Tür ab und rief irgendwas. Papa und Mama haben ihn immer gehört. Er ist dann bei uns über Nacht geblieben. Das war morgens dann ein lustiges Frühstück.

Ich wünsche allen Leuten eine Egerstraße

Die Egerstraße ist für mich die längste und schönste Straße. Alles, was man sich so denken kann, gibt es auf der Egerstraße zu kaufen. Überall darf man reingucken. Aber in die Apotheke gehe ich nur, wenn es sein muss. Ich kann Herrn Fällgenträger gut verstehen, wenn er die Egerstraße rauf und runter läuft, jeden Tag. Wenn er nicht so viele dünne Zigarren rauchen würde, könnte er die ganze Egerstraße rauf und runter schaffen. Eigentlich hört die Egerstraße an der Stadtmauer auf, da wo früher das Egertor war. Für mich geht sie weiter, an Fischers Rheingarten und an der Rheinwerft vorbei und mit ein paar scharfen Kurven bis zu der Wirtschaft von Jan Berns im nächsten Dorf.

Manche Leute sterben auf der Egerstraße und die Nachbarn tragen den Sarg. Manche Leute haben dort Silberhochzeit oder Goldhochzeit und die Nachbarn hängen einen Kranz um die Haustür mit Papierrosen in Silber oder Gold, und Schnaps gibt es für alle, die mitgesungen haben.

Ich wünsche allen Menschen, dass sie eine Egerstraße haben, wo man jeden kennt. Eine Egerstraße, die endlos lang ist, bis zu der Wirtschaft von Jan Berns, wo man Libella trinken kann oder Bier, wenn man stundenlang die Egerstraße gegangen ist.

www.ingramcontent.com/pod-product-compliance
Lightning Source LLC
LaVergne TN
LVHW052003060526
838201LV00059B/3804